桂岳诗派

王先霈/主编

我的所有

◎余仲廉 著

华中师范大学出版社

新出图证(鄂)字 10 号
图书在版编目(CIP)数据

我的所有 / 余仲廉著. -- 武汉：华中师范大学出版社，2024.12. --（桂岳诗派 / 王先霈主编）. -- ISBN 978-7-5769-0615-8

Ⅰ. I227

中国国家版本馆 CIP 数据核字第 2024HF2951 号

我 的 所 有
WODE SUOYOU

Ⓒ 余仲廉 著

责任编辑：张怀东　　　　　　　责任校对：周思思
封面设计：罗明波
编辑室：学术出版分社　　　　　电话：027-67863220
出版发行：华中师范大学出版社有限责任公司
社址：湖北省武汉市洪山区珞喻路 152 号　邮编：430079
销售电话：027-67863426（发行部）
网址：http://press.ccnu.edu.cn
电子信箱：press@mail.ccnu.edu.cn
印刷：武汉精一佳印刷有限公司　　　　督印：刘　敏
开本：880mm×1230mm　1/32　　　　总印张：98.125
版次：2024 年 12 月第 1 版　　　　　　印次：2024 年 12 月第 1 次印刷
总字数：1950 千字　　　　　　　　　　总定价：898.00 元(全十二册)

欢迎上网查询、购书

敬告读者：欢迎举报盗版，请打举报电话 027-67867353

ISBN 978-7-5769-0615-8

《桂岳诗派》编委会

主　　编　王先霈
顾　　问　蔡红生
主　　任　秦　恒　付义朝
副 主 任　钟文锐
成　　员　李　晶　谢　琴　魏耀武
　　　　　周　义　宋汉涛　沈　思
　　　　　任梦璐

前　　言

校园诗人历来是当代中国文学的一支劲旅。从桂子山走出去、现已故去的知名诗人，新体诗有光未然、曾卓、董宏猷等，旧体诗有陶军、黄弗同、佘斯大等。目前活跃在诗坛上的则更多。

华中师范大学党委宣传部和出版社从校园文化建设的角度出发，策划出版《桂岳诗派》一书。华中师范大学出版社于1997年到2011年曾陆续出版过名为"桂岳书系"的系列丛书。该丛书编辑出版的目的在于"从根本上强化学校的建设，使高等学校稳稳地站立在文化的峰顶"。因此，这次策划出版《桂岳诗派》，在拟定选题名称上也借鉴了"桂岳"之名。

本套书在入选诗人的标准方面，经过多次讨论，最后确定的原则是：其一，只选目前健在的诗人；其二，以中青年诗人为主体，部分年长的诗人只要创作仍然活跃，亦可选入；其三，既可以选新体诗人，也可以选旧体诗人；其四，以华中师范大学校友出身的诗人为主体。秉承上述原则，刘益善、谢克强、李少君、张执浩、李强、余仲廉、邹惟山、段维、姚泉名、胡均华、剑男、易飞的优秀诗作入选《桂岳诗派》。12位诗人中有10位为华中师范大学校友,个别诗人虽未曾在桂子山求学、任教,但长期关注、支持华中师范大学诗教工作,高度认可"桂岳诗派",为展现华中师范大学诗教工作既立足桂子山,又走出桂子山的博大和开放理念,我们也谨慎将之选入。

从入选的 12 名诗人的诗体来看,新体诗人占了 9 位,旧体诗人只占 3 位。这与当下新体诗的"强势地位"是吻合的。但新旧体诗从来不应该对立,而应该相互借鉴、相融共生。从诗歌的源头来看,旧体诗是新体诗的源头。新体诗在"五四"时期才从旧体诗的母体中分娩出来,自立门户。旧体诗有 2500 多年的历史,而新体诗的历史不过百年。现在就说新体诗一定会比旧体诗有前途,恐怕太过武断。新体诗还在不断嬗变中,将来走向何方谁也说不清楚。但可以肯定的是旧体诗不可能消亡,它会在不同时代因融入时代特色而卓然生辉。当然,新体诗完全可以从旧体诗中吸收有益的营养,发挥旧体诗所不具备的相对自由表达的优长,不断地去完善自己。从历史上来看,那些著名的新体诗的倡导者如胡适、闻一多、何其芳等,其旧体诗功底都极为深厚;而像徐志摩、戴望舒、余光中、郑愁予等,其新体诗中都充盈着旧体诗的元素。

刘益善从华中师范大学毕业后,长期在文艺单位工作,曾任湖北省作协副主席和《长江文艺》杂志社社长、主编,培养过众多的作家和诗人。他的《翠柳街》主要是对当下日常生活的思考,遥远乡村岁月的记忆,浩浩长江上的感悟,革命年代人事的叙写,是一种多声部的合唱。作者用朴实晓畅的诗句,书写了城市繁华中那留在小街的乡愁,乡村振兴后那遗留在一隅的旧屋,那挂在奔腾的万里长江江面的夕阳,大别山里的一响而聚众四十八万的铜锣,民主人士的最后演讲,深藏功名六十五载的老兵。诗里有长吟、有短咏,充满了激情和深情,有不绝如缕的思恋。

谢克强是一位相当活跃的诗人,曾任湖北省作家协会驻会副主席、《长江文艺》副主编、《中国诗歌》执行主编,对于作家和诗人而言也是一位知名的伯乐。他的诗集《风从故乡来》所收作品主要是其近期所作,无论是故乡的风、父亲的土地、母亲的炊烟、儿时的往事,还是阔别多年重回故土的万千感怀,都使诗人将乡情乡愁作了一番诗意的诠释。这种诠释已不再是乡情乡愁,而是一种根的哲学、一种人生与命运的诠释。诗人以质朴的语言、真挚的情感、不凡的构思,将实与虚巧妙结合,更将具象升华为意象,不仅营造出诗的情感境界,也使诗作获得美的意蕴,因而既给人以思想启迪,又给人以审美愉悦。

李少君曾任《天涯》杂志主编,现为《诗刊》主编,不少新体诗人视其为"掌门人"。《心学集》是他二十多年来的诗歌结集。二十多年来,他从天涯海角到京城,从祖国大地到世界各地,以诗为证,描述所见所闻,记录生活印迹,抒发内心情感,留下思考感悟。他遵循的诗歌原则是:诗歌是一种心学,诗歌更是一种情学,诗歌应该为世界提供意义;在勤奋开拓和孜孜劳作中,在人与诗的互证中,可以诗意地栖居在世界之上。

张执浩是一位新锐诗人,现为湖北省作协副主席、武汉市文联文学院院长,曾获第七届鲁迅文学奖。《每一次告别都是阳关三叠》收录他 21 世纪以来创作的自己比较喜欢的作品，侧重于呈现日常生活中的情感面貌，在对亲情、友情、爱情的书写中，呈现出诗人成熟浑厚的语言技艺，展现出轻言细语、委婉随性的美学质地，并由此形成了诗人"目击成诗，脱口而出"的诗歌风格。

　　李强是一位公务员出身的诗人，据说其爱诗成癖，真的到了看淡名利的境界。其诗集《武汉来了》分为上下两辑。上辑写"第一家乡"红色苏区龙港，下辑写"第二家乡"英雄城市武汉，这几乎囊括了作者全部的人生。写龙港的纯粹一些，作者梦回童年、少年，看山水草木、人情世故，如一首美丽的乡村咏叹调。写武汉的丰富一些，诗人从 17 岁开始读书工作于此，任职于省、市、区三级党政机关，以及大专院校、国有企业，对武汉的感受是整体的，又是具体的，他的诗如一首英雄城市进行曲。

　　余仲廉是一位知名的慈善家，他创建的博昊基金会已资助贫困大学生两千多人。他也是一位颇有名气的文化人，在哲学、美学、书法和书法评论等方面均有相当深厚的造诣。他经历丰富、爱好广泛，写诗可能只是"余事"，却出版了十几本诗集。他的诗集《我的所有》收录了其近年来创作的部分新诗，题材与内容很丰富，风格也十分鲜明。他以哲学思考着眼于存在，以哲学思维投注于生活，将身处世界、社会的所见所闻和所感所思以及对人生、自然、历史与文化等问题的思考转化成诗。因此，他的诗歌有着独特的思想感悟、深刻的人生哲理，不仅内在的思想相当突出，而且外在的感性也得到了保存，诗与思比较好地融合在了一起。

邹惟山是华中师范大学文学院的教授，以文学地理学研究和十四行组诗写作见长，曾任《中国诗歌》副主编、《外国文学研究》副主编、《世界文学评论》主编。他至少属于教学、科研、创作三栖人才。他于诗新旧兼修，又力图在形式上有所创新。《桂岳集》是他开始无韵自由体创作之后的第一部诗集，收录了他最近三年的部分诗作，大致以编年体的方式呈现。这些作品主要表现了他在行旅中的所见所闻，但并不限于目之所及和耳之所闻，而是可以由此及彼、由表及里，抒发了他对世界大局与中国命运的思考，以及对于人生意义与自然存在的探索，具有一定的深度与广度，同时也富于诗情与画意。

段维在华中师范大学出版社做了30年编辑，任副总编、总编近20年，后来改做党务工作，现为中华诗词学会乡村诗词工作委员会主任、湖北省中华诗词学会会长。他的本科、硕士以及博士学的都是政治学，但不少人最初以为他是学中文的。其诗集《一生知己是文章》收录了其在2021年1月—2024年5月间创作的旧体诗词作品。他称自己的创作题材大致有三类，简称"三园"，即"故园""校园"和"政园"（时政诗）。他是一个有着明确目标追求的旧体诗人和诗学研究者，在守正创新方面取得了较好的平衡。他的时政诗一开始主要采用七律体裁，探讨意指的多重性和句式的多样性，后来这种风格也渗透到其他题材之中，被诗评界称为"不言体"（段维字不言）。而在词的创作方面，他又尽量保持词之要眇宜修的本性，尤其是小令还保留着花间词的气息,长调则呈现豪放与婉约兼具的特征。他的故园诗词,对父亲的书写别具一格,这是其他旧体诗人很少涉足的题材。他对校园诗词有着自己的定义,认为校园诗人所写的诗词并非一定就是校园诗词,而是只有写出了校园特色的诗词才是校园诗词。他写的学生宿舍搬家、学生晒被子、学生云上毕业论文答辩、校园防疫等题材,无不深入师生的个性生活之中。

姚泉名早年从事语文教学,现任中华诗词学会乡村诗词工作委员会副主任兼秘书长、湖北省荆门聂绀弩诗词研究基金会代理事长,可谓是专业的旧体诗人了。其诗集《掬来一捧手如蓝》收录了其在2010—2023年间创作的诗词作品400余首,在"雅正出奇,求正创新"的理念下,他以传统诗词抒写古今之事、感发天地之音。其笔下的人事景物,无不是其在游历过程中对历史的追索、对时空的叩问、对禅道的妙悟、对山水的感知、对民情的回放、对风俗的描绘、对朋友的酬唱、对世事的体会。他的作品创造性地融合古今元素,恰如其分地将当代思维与时代语言揉入古典诗词创作中,既展现了传统诗词的古雅之美,又呈现了当代格律诗词的活力。

胡均华曾经当过语文教师,当过公务员,也曾下海经商,经历丰富,现任湖北省中华诗词学会副会长兼秘书长。其诗集《云水禅音细细吟》收录了其在2015—2024年间创作的诗词作品400余首。他秉承"写真生活,发真性情"的创作理念,多取材于现实生活,从所闻、所历、所感的日常过往中生发诗意,既见家国情怀,亦具市井烟火气息。

其在艺术表达上追求情景相生、清新自然的风格，注重对中华诗词经典作品章法、技法的精研考究，并应用于指导当今诗词创作实践，倡导并践行传承与创新并行、读与写结合、入情入境的诗词创作方式。描绘诗意的生活，表达生活的诗意，是《云水禅音细细吟》所刻意追求和努力呈现的。

剑男在华中师范大学文学院当过刊物编辑和教师，是一位低调而勤奋的诗人，作品曾获丁玲文学奖、湖北文学奖。其诗集《万物都有一个安静的去处》收录了其在2015—2024年间创作的诗歌作品200余首。该诗集聚焦诗人故乡幕阜山的自然山水和风土人情，以及生存于其间的父老乡亲们艰辛而淳朴的乡村生活，集中展现了诗人渴望通过诗歌重建人与自然关系的写作理想。剑男的诗歌注重人对自然的深度介入，既有精神的高蹈，也有对生活现场的热情灌注。故乡的一草一木在诗人笔下回归自身，自然和人作为本体被再次发现，在对朴素生活的观察中渗透着深刻的思考。

易飞早年在报社做过记者，后来在杂志社做过总编，兼写长篇小说，近几年转为新体诗创作与评论。据他自己说"算是找到了感觉"。其诗集《傍晚下起了阵雨》是其2020年回归诗歌后的作品结集。其诗作题材丰富，风格不断变化，饱含热情、勤勉和朴诚的精神，引起诗坛关注。其诗艺渐至精妙，且日臻浑圆，不断有佳作出现。特别是其"亲人系列"作品，情感深沉，含义幽微，别开生面，余味厚重。他近年开启"易飞掰诗"评论系列，精读文本，从一个写手的角度直言自身感受，其庄敬、实诚、直接的论诗风格为人所称道。

以上只是对 12 位诗人的作品进行一种浮光掠影式的浏览，旨在为读者勾勒出"桂岳诗派"的总体形象：每一位入选者都有自己的特色，集合在一起会爆发出巨大的能量。武汉大学有"珞珈诗派"，10 年前就树起了旗帜，影响不小。后起的"桂岳诗派"能否向"珞珈诗派"看齐，或者形成"比学赶帮超"的态势，则取决于华中师范大学诗人群体的共同努力。当下我国诗坛的诗派不是太多，而是太少，为什么不可以在学校提出建立"桂子学派"的同时，也建立一个影响广泛的"桂岳诗派"呢？同时，也希望我们的每一所重要的大学，都能结合自己的优势和特色，在这方面做出一个或多个样板来。

2024 年 6 月 28 日

目 录

草原 / 001
  其一，草木的存在 / 001
  其二，草原的生命 / 002
  其三，王者的陨落 / 003
  其四，芸芸而云 / 005
人生是人的摆渡者 / 005
爱的给予 / 008
礼之理 / 009
抓住 / 010
三天人生 / 011
说求 / 011
生命的意义 / 012
人生的茶味 / 014
你突然问我为什么——段誉、王语嫣故事偶想 / 015
明天更美好 / 016
可知时间 / 018
放下念想，超越我执 / 019
快乐人生论 / 021

一 / 021

　　二 / 021

　　三 / 022

　　四 / 022

　　五 / 022

　　六 / 023

　　七 / 023

　　八 / 024

　　九 / 024

　　十 / 024

短暂的永恒 / 025

幸运与不幸 / 026

人生之道如茶 / 027

伴侣的相守——看杨绛和钱锺书的爱情故事有感 / 028

诠释蹇宏 / 030

我是一个平凡的人 / 033

两只蝴蝶 / 035

爱不平等——闻《奋斗》陆涛、夏琳对话有感 / 036

赠毕业生——献给2016年毕业的师弟师妹 / 037

修身四则 / 039

　　一　何为修身 / 039

　　二　修身之起始 / 040

　　三　修身之要诀 / 040

　　四　修身之内涵 / 041

诚信 / 041

你知道吗——观美国电影《初恋50次》有感 / 044

    其一 / 044

    其二 / 045

告国人 / 045

把独处养成习惯 / 046

樱花女孩的魅力 / 048

回帖博昊学子群 / 049

走过——读郑愁予《错过》有感 / 050

品茶悟人生 / 051

元旦快乐 / 053

樱花女孩的梦 / 054

元旦快乐至永远 / 055

女人与旗袍的默契 / 056

诉说不尽的心愁 / 058

旗袍的自私 / 059

少妇的回忆 / 060

长相思 / 060

不平凡的日子——纪念武汉大学西迁乐山八十周年 / 061

幸福美好从元旦开始 / 064

我爱她的能量无限——观电影《莎翁情史》有感 / 064

母校,我会回来的——写给毕业的博昊学子 / 065

午后的阳光不说话——用此诗为恒广兄送别 / 067

什么是真自信——听学子讲述其爱情故事有感 / 069

贺新婚 / 070

五台山的夜空 / 071

欲求越淡，意味越浓 / 072

世上因为有了你——读徐志摩、林徽因故事有感 / 073

不要看现在的表面——电视剧《北京爱情故事》一瞥 / 074

能与不能 / 075

独静的世界白鹭竞飞 / 076

爱洪被你开闸——听《梁山伯与祝英台》京剧有感 / 077

我的所有 / 078

致生命的保护神 / 079

无法言尽春花之灿——见生如春花之灿发珞珈山视频
　　有感 / 082

我知道你的秘密——看沃闻达发微信有感 / 084

人性的光辉——献给全世界的护士 / 084

做人 / 089

读彭富春教授《论大道》有感 / 091

生命的言说 / 093

长江大桥上观落日 / 095

不能没有 / 096

我们永远是兄弟 / 097

我一直以为——观日本电影《情书》有感 / 099

夏至日的心里有秘密——翻余世存《时间之书》有感 / 100

失恋者的觉悟——读歌德《少年维特的烦恼》有感 / 101

我的世界——读莎士比亚《罗密欧与朱丽叶》有感 / 102

花的倾诉 / 103

悼一代宗师李泽厚导师 / 105

宏村,我来了就不走了——读李立屏兄《在宏村》诗
　　有感 / 107

天意与民同心 / 108

你不在意我愿意——读戴望舒《雨巷》有感 / 110

您是德高望重的老爷子——以此诗深切缅怀刘纲纪恩师
　　仙游两周年 / 111

我之所不能 / 113

看见了吗 / 114

不可改变 / 115

贤根兄,我们一起醉——纪念张贤根师兄远行七百三十
　　天 / 116

元旦寄语——与博昊学子们共勉 / 119

你是我生命的全世界——读《卡夫卡致密伦娜情书》
　　有感 / 122

人之天理 / 123

你于我——读《仓央嘉措情歌》有感 / 125
　　其一 / 125
　　其二 / 126
　　其三 / 126
　　其四 / 127
　　其五 / 128
　　其六 / 129

其七 / 130

　　其八 / 130

　　其九 / 131

　　其十 / 132

　　其十一 / 133

　　其十二 / 134

　　其十三 / 134

　　其十四 / 136

　　其十五 / 137

真理的"叫执人" / 137

做不了孔子做庄生 / 138

生之为人 / 139

我和你——读《朱生豪情书》有感 / 140

　　其一 / 140

　　其二 / 141

　　其三 / 142

　　其四 / 142

诗从哪里来——为贺湖北高校诗歌工委成立而作 / 143

自然与人类 / 146

毁灭世界的眼神——观韩国电影《建筑学概论》有感 / 147

孤独 / 148

人与时间 / 149

半夜醒来发呆 / 150

我用一秒钟打盹 / 152

探不明的悔 / 154

三面镜像说伴侣——答学子如何选择人生伴侣有感 / 155

既然我们 / 156

心之言说 / 158

参弘一法师箴言有感 / 159

无所不能的心 / 163

你知道青春热血吗 / 164

三月东湖闲步 / 165

诗意地赋予 / 166

父母与子女的关系 / 167

心中的青春永驻 / 168

期待重逢时的仰视——写给 2023 年毕业的博昊学子 / 170

人生之歌 / 171

父爱 / 172

善良是灵魂最美的音乐 / 173

我对理想深信不疑 / 174

人世间的美好 / 175

适意最好 / 176

教师节有感 / 177

我还是做个善良的人 / 178

无所适从 / 179

心灵的追问 / 180

更替 / 182

人生的意义过程 / 184

失去的觉悟 / 185

为什么离婚？/ 186

梦回绣林 / 189

富春时节 / 190

人之生命的意义 / 191

做人的差别 / 191

百态社会的由来 / 192

樱花盛开的季节 / 193

诗人的表白——读舒婷《致橡树》有感 / 195

春天的故事——献给我们的船长 / 196

小雪 / 198

草　　原

其一，草木的存在

草原的天似湛蓝的穹庐
草原的地似茫茫的碧野
视野所及的景色是
绵延起伏的绿色画面
是由上天之手挑选排列的
美人睡卧的身姿
优美的线条直至天际
随季节变换形态的草木
在安排好的领地枯荣
各种各样的花儿开谢
请人类不要自作多情
其实跟你没有丝毫的关系
看似这样的，却又不是
它们无意主宰什么
然而大自然的一切命运
似乎都被它们掌控

沉思，好像与时间有关
它们的形式变换听令于谁
它们的美丽与芬芳为了谁
任意地随着风、河流行走
飞鸟和野兽都是它们繁衍的工具
被科学说成是无感知的生命
未必？它们的受伤之处
同样流淌出修复的液体
折断了身躯的地方又会长出新芽
不仅仅如此，还有多种形式
人类的智慧说智慧无穷
面对自然无法回答的问题
比无穷还要无穷
如果没有了草木的存在
这个自然的世界
只有风和沙在较劲

其二，草原的生命

寂静了一夜的草原
地平线上有了鱼肚的白
转眼间，远处树梢的间隙
无数霞光之剑穿刺入地
驱散黑暗、收走了所有的恐惧
鸟儿开始歌唱，牛羊开始食草

大象开始远游,鹿群奔跑跳跃
疯狂的狼群猎食着斑马……

一只羊被饥饿的豹子撕成碎片
逃命的羊群便没有了惊慌
平静地吃着地上的草
比看一眼死去的同类更重要
没有谁在意失去了什么
更没有谁会去思考
是同类的生命换来的生息
除了饥饿、领地和交配
草原上的生命生存
与草原生命的存在意义
只是上天所赋的周而复始吗

其三,王者的陨落

安睡了一夜的草原王——雄狮
打着哈欠,站立,伸懒腰
在晨曦的光辉下漫步
巡视着它的草原王国

乌云怎么一下就遮住了太阳
天空中竟然还有了雨
这样变化的天气

本就影响了王者的心情

忽然，它看到一只斑鬣狗向它走来
不，是两只，三只，四只，五只……
它疑惑并感到震惊，是花了眼吗
四周都是这种恶心的斑鬣狗
狮子愤怒了，开始咆哮

一次次警告，没有用
斑鬣狗似乎没有听见
一步步向它逼近
实在忍受不了的狮王
凶猛地举起爪子，冲向最近的一只
敏捷的斑鬣狗躲闪开来
狮王被斑鬣狗群围得更紧

尊严不可冒犯的雄狮
再次怒吼咆哮，冲向斑鬣狗群
将抓到的撕成碎片……
它所向披靡地冲杀
没有威猛多久便倒下了
它没有感到疼痛与悲哀
也不知道为什么
一代威猛无比的草原王
在悄无声息中，陨落了

连骨头都将消化在斑鬣狗的胃里

其四，芸芸而云

草原、山川、大海、人类
一切，一切的变化
好像是自然的法则
如同飓风行走过的路径
河流卷起的旋涡
时代滚滚的潮流
宇宙的黑洞……
一切看似那么简单
其实只有简单才知
有涯生存在无涯之中

2019 年 10 月 14 日于循善居

人生是人的摆渡者

人生是人的摆渡者
使命是从河的这边
乘坐生命之号航船

航行的目的彼岸港
将父母护送到岸上
接过他们手中的桨
继续着生命的继续
驾驶生命号的航船
去迎接继承者上船
渡他们到新的彼岸

人生是人的摆渡者
周而复始永无止息
重复着昨天的故事
完成生命号船交接
被后续者送归来处
人生使命即履行完
摆渡的方法千万种
得到的感受万千般
摆来渡去两个来回
耗尽了一生好时光

人生是人的摆渡者
生命之号航船航行
由主动和被动驾驶
多半是被命运导航
一帆风顺的时候少
逆水行舟的时候多

是顺是逆形态各异
无法模仿无法等同
虽有相似没有雷同
言语难以尽其然也

人生是人的摆渡者
渡中追逐目标理想
在时代潮流中前进
陪继承者驶向远方
欣赏后来人的风采
渡着渡出幸福圆满
渡出欢笑快乐成就
渡出生活家庭事业
渡出人生意义传承
渡向无限美好未来

人生是人的摆渡者
渡中经波涛历险滩
生活坎坷步步泥团
人生船越渡越艰难
受尽磨难收获几希
子女无望身心交瘁
事业人生……全都
漂浮茫茫无边苦海

看不到人生的彼岸

1990年9月19日于河南登封

爱 的 给 予

人间的爱，无限美好
人人都需要爱，都可以付出爱
然而，付出，要思考
需要的爱，要正确

付出不需要的爱，他不是爱
需要的爱，有些不能给予
因为，需要，存在着不正确

只有，正确的爱，才能给予
只有，正确的需要，才能需要
给予正确需要的爱，才是真正的爱
所以，爱的付出，要思考
需要的爱，要正确

1993年7月23日于洛阳白马寺

礼 之 理

有理,也要有礼
有理,不在怒发冲冠
而是,文质彬彬矣
有理,不在大声
须知,希音振聋发聩
有礼,是合理
有礼,是礼中有理
有礼,才好说理
才能让人受理
有礼,才能获理而传理
所以,礼就是理

    1998 年 3 月 29 日于桂子山

抓　　住

抓住，抓住
一切都在抓住中
抓住，抓住
一切都在抓住时间中
抓住了当前的一秒
就抓住了下一秒的顺畅
抓住了今天的时间
就抓来了明天的希望
抓住了明天的时间
就抓住了未来的意义
抓住了未来的时间
就抓住了人生的机遇
抓住了人生的时间
就抓出来了幸福的人生

1999年8月19日于泰格生态公寓

三天人生

愚蠢人,生活在昨天
与痛苦烦恼同行
聪明人,生活在今天
与现实快乐结伴
成功人,生活在明天
与充实幸福为友

2000年2月6日于绣林古镇

说　　求

人求己易而难,己求人难而易
求己亦易亦难,求人亦难亦易
所以,常言道:求人不如求己

求人被动未知,求己主动已知

求己直接明了,不行,努力
不行,再努力

求己的道要明白
没有走不完的路,再远的路
都会被跋涉者抛到脚后
没有越不过的山,再高的峰
都会被攀登者踩在脚下

2000年4月2日于桂子山

生命的意义

遵循自己的习惯
在屋子里午睡
时间一到自然醒来
邂逅一缕带彩的阳光
看它从窗帘的缝隙间
保持着完美的身姿
贴在墙壁上缓缓移动
听它静悄悄地私语
我是最古老的时光指针

我名字的内涵是青春
过去、现在、未来如恒

青春在岁月中行走
是最美的风景、不老的话题
时间赋予生命价值
生命回馈了时间什么
芸芸众生
按照他们的规律生活
饿了吃饭,渴了喝水
困了累了,休息睡觉
完成生命的旅程
不知是否,极少之人
不拒绝、不奢求什么
哭着来,笑着离开
即使他走了很久
时间把他留在长河里
后来的后来……
还不断有人看见他
这便是生命的意义

2010年10月10日于桂子山庄

人生的茶味

尝尽人间千般滋味
定然不会再有执着
心在茶里与朴素相遇
生活的浮躁就温柔了
柴米油盐酱醋茶之中
便会生长出烟火的诗意

觥筹交错过后的感觉
茶里蕴含着人生百味
夜深人静时的独行
看到灯火斑斓之处
全是曾经渴望的风景
难免让人心生叹息

在茶中品味到的人生
自然会使时光慢下来
感知到从容的脚步
尽在妥协与坚守中书写
闻着馨香弥漫的茶

细细地抿入嘴里感受

它会在它经过的地方
你身体的世界,包括心灵
慢慢地欣赏它所见的风景
还会用它的深情与你拥抱
使你忘记自己,忘记
窗外的阳光掠夺清影

2011年7月21日于桂子山庄

你突然问我为什么
——段誉、王语嫣故事偶想

你突然问我为什么
对你说话总不思索
从来都是脱口而出
你的话于我是圣旨
我立刻认真地思索
结果发现真是如此
因为你是我的全部
我愿承受所有痛苦

只为你幸福与快乐
因为你是我的全部
我愿毁灭我的世界
让你自由自在生活

2011年4月9日于桂子山庄

明天更美好

赤橙黄绿青蓝紫
春夏秋冬复轮回
一年三百六十五天
有阳光,亦有风雨
常说再见,时时重逢
明天会更美好

人生的道路
有风景,有坎坷
酸甜苦辣皆调料
不需要,没味道
明天会更美好

人生的道路
最好的只有一条
那就是珍惜时光
勤奋,努力,不懈怠
明天会更美好

玉兔去,金龙来
不要恐惧玛雅的预言
世界末日会来到
相信人类的智慧
可把一切都改变
明天会更美好

人类的智慧无穷尽
只需用爱的力量
就可以改变现状
迎接全新的世界
使人类幸福温暖
明天会更美好

人类的智慧无穷尽
要相信,要相信
2012年会更美好
只要我们勤奋努力

耕耘每一天的时光
人生、事业、生活
必然更美好，更美好

2011年12月30日于桂子山庄

可知时间

别问时间是什么
是个虚拟的概念
它不为己而存在
性格比水还温柔
行为比水还善良
品德比水还高尚
你需要随你所愿
你不要如你所意
理不理一切由你
始终在你生命里
静静地服从指令
从未有一丝杂念
始终陪伴你前行

走完你人生旅程

2012年2月25日于循善居

放下念想,超越我执

放下念想,超越我执
佛语说得精妙
生死尽在一念之差
凡事不可执着也
心一拧则精失神伤
躺在床上胡思乱想
必然一夜难眠至天明
如能万事抛云霄
醒后自然神清气爽

与其孤独地冥思苦想
倒不如对月诉衷肠
人生的一切事情
无论何等结局都在诉说
所有心动都不如行动
即使是最糟糕的现实

也不可以无谓地或事先
劳神耗能地设想悲剧
天要下雨，娘要嫁人
这又何妨？不是自然吗

老天爷虽然以人为刍狗
不也告知了要尽人事听天命吗
既然天的心情出现了密云
何不待雨过天晴后
看着笑脸进行回忆思考
他人和自己的过往
哪怕是许多难解难分的纠结
以至天塌地陷的境况
只要放下，便会轻松
大到不得了的事情
一旦说白了或不管不顾了
不也就那么回事

下着雨的天，会不晴吗
再大的狂风，会不停吗
自然法则的世界
对人生的命运安排
尽在若有若无之间
参禅打坐冥思苦想
难觅缝隙一丝光亮

当把一切执念妄想放下
人的心情便会自由徜徉
所见都是灯火阑珊

2014年5月26日于循善居

快乐人生论

一

人生怎么过
乐字安心窝
甜也乐，苦也乐
顺也乐，难也乐

二

为何不快乐
忧烦难挣脱
烦恼伤心情
谈何有快乐
忧愁损身体

幸福无可说

三

　　一切都要释怀
　　一切都要放过
　　滚滚长江东逝水
　　所淘英雄何其多
　　世上新人换旧人
　　自然规律不可破

四

　　心怀不平有什么用
　　他行他素，他受他作
　　道德法律尘世存在
　　头顶繁星天空闪烁
　　恶有恶报，善有善报
　　报应定数不饶过

五

　　忧愁难忘，无用且错
　　今朝有酒今朝醉
　　消极应对非良药

美酒入口酿苦果
借酒浇愁愁更多
扬汤怎可止沸腾
抽刀断水水更流

六

快乐到底是什么
即便是独处也不寂寞
上上网，看看书
喝喝茶，听音乐
别让自己无聊地闲着
保持愉悦的心情就是快乐

七

让自己的心智快乐
不嫉妒，不攀比
不羡慕，不奢求
即使自己一无所有
别人骑马我骑驴
仔细思量我不如
回头看看推车汉
自在悠闲不如我

八

当下实在不快乐
找一处向阳的草坡
曲肱而卧,轻轻地哼曲
慢慢地呼吸,闻着野花香
关上思维闭上眼
找一下出离世界的感觉……

九

自由有多快乐
哼着,唱着
有调无调的歌
管它歌与词的对错
任意挥舞着手臂
把身边气流抚摸
仰望天空问苍穹
大声地呼喊
我自由我快乐

十

我的心灵好快乐

哪个富翁能比得
请告诉我
谁人拥有这份快乐
即使穷成了乞丐
也要比皇帝快乐
因为我在阳光下
自由自在地生活
心中没有纠结
也没有龌龊
所以我很快乐
我很幸福快乐

2014年10月5日

短暂的永恒[①]

昙花的绽放是短暂的

[①] 武汉大学校企高管年会,因我不能饮酒,应惟伟总会计师便说:"仲廉学兄!你只要在规定的时间内作出一首诗,就可以免喝酒。我们给你的时间为,在座的人都将杯中的二两酒喝完。如果在规定时间内诗没写出来,或者写出来了,在吟诵时没有赢得掌声,你还是要喝酒。"结果我顺利未饮,过了酒关。

留下的美丽却是永恒的
欧亚大陆的连接是短暂的
形成的高山大海却是永恒的
天空划过的流星是短暂的
留给人们的幻想却是永恒的
人与人的相聚是短暂的
难忘的回忆却是永恒的
浮生若有梦，此中藏真意
诠释生命的主题是永恒的
然而，丈量是永恒的
尺子是相对的

2015年1月26日于循善居

幸运与不幸

无所谓幸或不幸
幸运是我的命运
不幸也是我的命
因为我的生命是
幸运和不幸组成

如少了幸或不幸
都不是完整的我

2015年5月5日于循善居

人生之道如茶

人生之道如茶
无论跌宕起伏或沉落于底
只能保持姿态接受与顺势
茶道告知适应生活的迂回
不随波逐流，不妄自菲薄
默默奉献拥有价值的内涵
才是书写人生的硬道理

人生之道如茶
不经风霜磨难的洗礼
不经火炉的烘焙蒸烤
不经滚烫沸腾的水浸透
哪会有醉人的清香四溢
哪会有无尽的内涵韵味

哪会有世间认可的价值与意义

2015年5月15日于大悟寺

伴侣的相守
——看杨绛和钱锺书的爱情故事有感

人生的起点是
咿咿呀呀
伴侣的起点是
两小无猜
理想的起点是
懂得求知
然而生命意义的起点是
认识自我，利人

伴侣，开始得早晚不是关键
关键的是相守
相守的关键
是相互关心关爱
关心关爱的内涵
是你离不开我

我亦离不开你

时常地自我审视
相守不是你我大眼瞪小眼
不是你一言来我一语
不是各展个性才能的显摆
不是各抒己见的脱口秀
不是同床异梦的貌合神离
不是被枷锁桎梏后
不得已的苟且生活

时常地自我审视
相守的时间与质量
相守的时间有质量
生活便会有烟火味
烟火味是生活的灵魂
灵魂在一起才是伴侣
才能将生活融入人生
才能书写出共同的命运

时常地自我审视
相守物质外的精神
是语言与行为的融合
相守,是两个自由体
为了相同的目标与心愿

是这一半为了那一半
那一半为了这一半
共同努力将两个半圆
融合成人生的满圆

2016 年 3 月 15 日于循善居

诠 释 蹇 宏[①]

蹇宏其名,实其人也
其人,也实其名也
蹇字,宏字,乃宝盖头也
掩护着他心中的伤痛
让瘦腿瘦脚背负着
沉重的使命奔跑
用自己的激情与善良
成全他人的心愿
燃烧自己的生命
做温暖他人的阳光

---

① 蹇宏,贵州遵义人,武汉大学校友,武汉大学校友企业家联谊会秘书长,湖北省楚商联合会秘书长。

随身携带着保单
四处售卖与推销
生命里蕴含奋起的能量
推动着自己激情奔放
飞翔穿行在天上地下

奋斗者知道古人有言
宝剑锋从磨砺出
梅花香自苦寒来
风雨过后是彩虹
问题是面对现实
烧火的炉子再好
也需要不断地添薪加柴
才能保持满堂炉火旺
拥有强大能量的太阳
也需要外部不断地加压
激发内部的原子核爆炸
才能将温暖的光辉
源源不断地洒向大千世界

蹇宏！有谁知道
他一人独处的时候
时常流着心酸的泪
他让世人看到的是
堆满笑意的面容

激情洋溢
看到的是台前台后的忙碌
看到的是牵线搭桥的热心
看到的是补场
送给大家的是欢声笑语
送给大家的是开心快乐
看到的他这一切的一切
他的所作所为所言
都是在为有缘人倾情奉献

此时，我向认识他的人发问
我向看见他的人发问
我们有谁看到了
他独处时的状态
我们有谁看到了
他痛苦的内心世界
我们有谁清楚
他也有许多许多的困难
我们有谁知道
他面对困难向苍天呐喊
在黑夜里深深地长叹
有谁曾给予他一点点关怀
给予他一点点内心的需要
给予他一点点安慰和理解

2016年4月1日于循善居

我是一个平凡的人

我是一个平凡的人
只有平凡的理想
找个平凡的工作
把平凡的事坚持重复
热爱工作的岗位
珍惜工作的时间
敬重工作中的事情
认真做得今天比昨天好
细心思考明天可否更好
这就是我的理想和追求

如果我是一名清洁工
在我负责的清扫区
我无法让天不下雨
但我可以让雨水不在这里汇积
我无法让天空飘白云
但可以在我分管的区域增加一份温馨
我无法让路过这里的人都文明
但我可以让这片区域始终保持洁净

我是一个平凡的人
只想做一名清洁工
没有什么心态的不平
我在负责的清扫区
还可做点小小的事情
帮帮这里的孤寡老人生活起居
帮忙接送无人照看的小孩子
看管住心怀叵测"走错门"的人
保护小小区域的安全太平

我是一个平凡的人
做不了什么大事情
只想做好一名清洁工
让我清扫的区域洁净
清洁天上飘来的灰尘
清洁地上看得见的垃圾
清洁来往的人扔下的不文明
只想努力尽心表达我的本能
让我清扫的区域洁净文明
让我的人生洁净文明
这就是我的理想和追求

2016年4月18日于汉口卓尔书店

两只蝴蝶

绿色的田野上
两只漂亮的蝴蝶
一边欢快地舞蹈
一边快乐地歌唱
清清原野风
涓涓小溪水
蝴蝶、蝴蝶,你真美
请你歇一歇
让我和你一起飞
蝴蝶、蝴蝶,你真美
请你歇一歇
让我和你一起飞……

2016年5月31日于珞珈幼儿园

爱不平等

——闻《奋斗》陆涛、夏琳对话有感

我的爱如春风
只能吹动你的发丝
在你羞涩的脸上亲吻

你对我的爱
如天空飘飘的风筝
魂系云外的幻影

不平等的爱
终究不会持久
青春经不起折腾

你要么收回绳索
将我折叠带回家
你要么松开手
让我飞入沧溟

别用一根情线

牢牢地拴着我
悬在空中云里雾里

2016年6月17日于循善居

赠 毕 业 生
——献给2016年毕业的师弟师妹

本科生的毕业
四年五年的努力
硕士研究生的完成
六年七年的奋斗
带着知识带着渴望
去追求人生的梦想
燃烧着激情岁月
踏上崭新的征程
我祝福你们一切顺利
吉祥如意,鹏程万里
在祝福和祝愿声中
我赠送你们几句话

理想与现实有距离

学校与社会有区别
人生理想是虚幻的色彩
现实生活是丰富的味道
一切的幸福美好,都
靠打拼打磨来雕琢
靠勤奋努力来实现
从学校求知到社会实践
需要一个对接与转化的过程
其中会有许多的不平和辛酸
也会有成长成功的喜悦
先要有充分的思想准备

应该用宽容宽怀的心
来接纳面对人和事
应该用感恩感化的行为
来面对和融入社会
先用生存的思想做定位
进行求职
以融入融化的态度
进入社会和团队中
以生根发芽的活力工作
以责任和己任发展事业
以超越时间的拼搏精神
来不断地学习提高自己

始终坚守一种信念和两个原则
认识到自己拥有的书本知识
在工作中转化的重要性
认识到积累的人情交往
向人生人脉转化的重要性
须深切地领悟到
成大事者不要急于求成
保持一切从量变到自然的质变
把握从量变到质变过程中的选择
确定适合自己的理想去实现
能够做到这样的思考践行
定会拥有无限美好的人生

2016年6月30日于珞珈山

修 身 四 则

一 何为修身

静观内心
是为修身也
心是思想之库

行乃实践之路
思想漫游于善道
心使之行，从善而如流
心行步调一致
勤勉精进
是为修身也

二　修身之起始

修身
起于和颜悦色
止于心平气和
如此之思想
如此之践行
始终坚持初心
时久而显修为也

三　修身之要诀

平己之怨气，静己之躁心
安己之烦神，调己之惰性
积己之学问，长己之见识
宽己之胸怀，明己之天理
修己之人品，立己之美德
健己之肌体，释己之情怀

四　修身之内涵

纳人之所言，想人之所长
容人之所短，想人之所想
宽人之所过，想人之所求
承人之所愿，施人之所需
解人之所困，释人之所惑
启人之所疑，指人之所往

2016 年 7 月 21 日于循善居

诚　　信

诚信是根本
是为人处世之根本
是立国强盛之根本
是仁义礼智之根本
有信，仁义礼智立也
无信，仁义礼智亡也

商鞅徙木立信
推行新法使秦国强盛
奠定大一统之基础
一诺千金的季布
立诚信贵于黄金
收获冒诛九族的友情
免遭满门抄斩之祸殃

诚实守信的价值
珍贵得无可估量
言而有信之人
自然而然得道多助
成就事业、梦想、人生
失信无诚之人
自然而然失道寡助
亡其事业、梦想、人生

诚信是立身、立业、立国之本
查道吃枣留钱挂树上
铸就了他千年的美名
吕元膺之友偷挪棋子
丢掉了美好的事业前程
毛泽东誓为人民谋幸福、为民族谋复兴
实现了中华人民共和国的诞生

人无诚信则不立
国无诚信则灭亡
周幽王烽火戏诸侯
博宠妃褒姒一笑
使国随之而亡矣
曾子杀猪教子守信
且育亚圣之子孙也

人生不可戏言尔
国家不可戏言尔
诚信是一切之根本
根深蒂固之树木
必然枝繁叶茂参天挺立
树木如此，人亦如此
诚信之人成就名美
人如此，国亦如此
诚信之国太平昌盛矣
民心祥和人之向往也

2016年8月13日于循善居

你 知 道 吗
——观美国电影《初恋50次》有感

其 一

你知道从前的我吗
无所事事蝇营狗苟
自从遇见你后,我
打开了能量的闸门
变得无所不能,我
知道你未说的需求

你冷我能唤来春风
送你一个温暖世界
你想要天上的星星
我能摘来挂满山野
你想天天幸福浪漫
我能让你做梦此生

2014年4月14日于循善居

其 二

你知道吗
我想你的时候
眼前飘动着你的倩影
我念你的时候
春风吹拂着你的刘海
我思你的时候
蝴蝶陪着你荡着秋千
我忆你的时候
芝兰香不如你的气息
我恋你的时候
心里甜味胜过了蜂蜜
我梦你的时候
羞红了脸的你将头埋入我怀里

2016年9月16日于循善居

告 国 人

当下、未来的中国人

都要理性思考
前人之血性、前人之精神
前人之智慧……
前人之文明与精神
应当努力传承、发扬光大
才能实现中华民族的伟大复兴

当下、未来的中国人
都要理性思考
前人之软弱、前人之苟且
前人之愚昧……
前人之糟粕和耻辱
应当引以为戒、警惕诫勉
才能确保神州华夏
永远吉祥如意、繁荣昌盛

2017年1月16日于循善居

把独处养成习惯

独处特别好,人要学会独处
把独处养成习惯

一生都会快乐幸福
独处,是一种静美
也是一种人生的修炼
能够在独处时安然自得
就能在喧嚣时淡然自若

独处特别好,人要学会独处
当然,首先要明白独处
不是逃避现实的生活
不是回避麻烦的问题
不是躲避困难的责任
不是沉浸于日常琐事
而是让心静下来后看自己

独处特别好,人要学会独处
只有独处的时候
才能让自己安静下来
只有安静下来
才能让自己的心情平和
只有心情平和
才能看到真实的自我

独处特别好,人要学会独处
当你静下来看自我时
你才能除却灵魂中的尘垢

才能让灵魂得到净化
你才能停止灵魂的浮游
才能显现出真实的自己
你才能反思自己的不足
才能让自己不断提升发展

独处特别好，人要学会独处
独处中的人心智
会不断成长成熟
心胸会越来越宽广
生活也会幸福快乐
能在充满阳光的花园里
尽情书写人生的意义

2017年2月3日于循善居

樱花女孩的魅力

当你一蕾含苞时
见到我的注视
总是羞涩欲滴
低下两腮泛红的脸

逃避我的眼神
怯怯地关注着我
温暖的春风
伴随着明媚的阳光
徐徐地吹拂过来
轻轻地把你和你的
姐妹们的裙边舒展
让彩色的衣襟翩翩起舞
汇聚成一片圣洁的云霞
抛洒在空气中……
使得怀梦者的血液沸腾
燃烧起青春的火焰
很快地把你的羞涩
贴到了追求者的脸上

2017年3月18日于循善居

回帖博昊学子群

亲爱的博昊学子们
你们每个人都是
一本读不完的书

一首写不尽的诗
愿你们每天的生活
像蜜蜂一样充实
像蜜蜂在花蕊中
吸吮的花蜜一样甜美
愿你们才能出众
像孙悟空一样神通广大
愿你们的人生
像春天明媚的阳光
一样温和灿烂
愿你们事业有成
像蟠桃园的仙桃
一样硕果累累

2017年3月19日

走　　过
——读郑愁予《错过》有感

春风从大地走过
草儿都萌芽了
太阳从山岗走过

花儿都盛开了
岁月从树林走过
树儿都画上年轮了
泉水从溪沟走过
鱼儿雀跃欢乐
你从我人生走过
注定是美丽的故事

2017年4月5日于循善居

品茶悟人生

人生的味道如茶
在繁忙的日子里
莫忘从茶中品清闲
在艰难的时光里
莫忘从茶中品惬意
茶会抚慰命运凄惨的你
告知你为何有所企求
上天对人生的安排
虽是十有八九不如意

然仍有一二勃勃生机

端上茶杯慢慢品思
静观壶中茶叶的姿态
静想芸芸众生的境况
哪里不是沧海桑田
哪里不是物欲横流
细看在水中翻滚的茶叶
时上时下，风云激荡
这不是人生的种种际遇吗
它有过忧虑沉沦悲伤吗

缓缓地啜上一口茶
静静地听她的心声
长不出庄稼的荒山野岭
就是她生根的地方
不是云雾缭绕、遮天蔽日
就是烈日的暴晒
虽常有倾盆大雨的狂泻
然而它的目的只是带走
护在她根上的一层泥土
这就是她生存的环境
倘若她不接受残酷的现实
竭尽全力地吸收天地精气

把思想的灵魂奉献给人们
便会被连根拔起扔下山谷

2017年9月13日于循善居

元旦快乐

亲爱的博昊孩子们
遥远的距离无法阻挡
我对你们的思念与牵挂
满载吉祥的帆船早已起航
异乡的你们是否安康

元旦的祝福真诚送上
愿你们沐浴灿烂的朝阳
喜悦的歌声永远嘹亮
2018年实现所有的梦想
让人生幸福快乐畅享

2017年12月30日于循善居

樱花女孩的梦

当三月春风在她的身边
轻轻掠过枝头和树梢时
她沉睡的情窦立马开放
在枝条的身体上四处冒出芽和蕾
这些芽和蕾静悄悄地
静悄悄地偷窥她的情郎
见到阳光的眼神注视
她娇嫩的脸庞便泛起羞涩的花萼

当三月的春风带着暖意
温存地抚摸她的眉睫时
她心中涌起欢快的潮汐
闪电般地消融满天的寒冰
情不自禁地脱掉层层冬装
换成色彩斑斓的花裙
把无限靓丽的青春绽放
倾尽一生的魅力与姐妹们争妍斗艳
当三月的春风乘着太阳的光波
绵绵徐徐地拥抱亲吻她时

爱情的梦,撩醉樱花的心儿怒放
身着彩色的锦衣翩翩起舞
汇聚成云霞霓虹的海洋
抛洒诗意于空气中
哪怕随风坠落到尘埃里归去
也要化作烂漫的樱雨一场

2017年3月18日于珞珈山

元旦快乐至永远

送一个灿烂的微笑
给兄弟们饮酒
唤一缕淡淡的春风
吹拂姐妹们的刘海
带去一声亲切的问候
送一个衷心的祝福
尽在这温馨的日子里
来到珞珈诗人的身边
祝你幸福快乐至永远

2017年12月30日于循善居

女人与旗袍的默契①

女人与旗袍间的默契
在无声无息的灵犀里
呈现循循善诱的魅力
美丽得令人屏住呼吸

别样精致、巧妙隐喻
交融天真烂漫的纯粹
置顶优雅高贵的气质
赋予世人无限的遐想

舒缓亲吻玉颈的衬领
守着白皙延伸的秘密
十指彩蝶扣紧护双乳
两两相和,欲说还休

---

① 武大师妹龚航宇是做旗袍设计和生产的,她邀请我去武汉万达瑞华酒店参加旗袍发布会,并请我为她的旗袍作诗,于是有了《女人与旗袍的默契》《诉说不尽的心愁》《旗袍的自私》《少妇的回忆》等诗。

高高开衩的裙缝隙间
两幅精通人性的下摆
若隐若现,含情如幻
女儿之心尽在摇曳中

曲线流畅延绵的细腰
她与它用神秘和灵动
演绎勾勒出风情万种
无需性激素也会怀春

娇艳妩媚接上了电源
诱惑的美释放核磁场
将人的心神操控如意
即使正常人也不正常

凝视着她的举手投足
轻盈飘逸、婀娜多姿
曼妙中的转身、回眸
谁见游动幻彩的精灵

不浮想联翩痴凝胶柱①
被美占住时间与空间

---

① 胶柱,指胶住瑟上可以调音的弦柱,比喻僵硬死板、不知变通,在此指被美占据。

让一切随她和它默契
而心潮起伏思绪万千

2018年6月9日于循善居

诉说不尽的心愁

庭院深深,疏影纵横
低眉婉约,轻轻吟唱
步步婀娜,步步妖娆
幽幽怨怨,袅袅婷婷
在迷迷蒙蒙的烟雨中
渐行渐远,渐失身影
在模糊的视线里遁迹
而被永恒的记忆存储

时间在空间挥毫泼墨
谁的思想不穿越迷恋
寻找丁香女子的页面
真正的风韵世人皆晓
可是富贵华丽的苍凉
谁能解她心中的柔软

慰藉胸口涌起的隐痛
唯有温柔紧贴的旗袍

2018年6月9日于循善居

旗袍的自私

自私自利的旗袍啊
既喜迎新又不舍旧
使每位高贵的女子
都深爱到不能自拔
身不由己地拥抱它
番番感怀涌上心头
它却在她的庄园里
聚集同类聊风情话
毫无顾忌独占橱窗
让华服暗淡而失色
依旧保持惊艳柔美
众目凝视难以忘怀

2018年6月9日于循善居

少妇的回忆

一种无法抗拒的诱惑
一种无法割舍的情缘
在流年的时光里常常
独自芬芳,独自美丽
那曲悠扬的琴声回荡
那缕栀子花香的悠长
尽在锦袍素雅娇段间
伴随着春风拂柳妖娆
漫步轻盈地舞在心中
是永远最甜蜜的回忆

2018年6月9日于循善居

长 相 思

朝相思,暮相思

日日相思
梦里难寻君影
夜静更深
独上西楼，望夜茫茫

左盼望，右盼望
夜夜盼望
寡坐苦熬天亮
子规声啼
孤立窗前，悲凉凄凄

2018 年 6 月 21 日于循善居

不平凡的日子
——纪念武汉大学西迁乐山八十周年

珞珈山清朗
像一枚翡翠坐卧于此
途经的我，周遭皆为美景
莘莘学子，三五一处，席地而坐
如切如磋，如琢如磨
路人闲适，情侣互挽

孩童欢笑,间或一声鸟鸣
几只和平鸽悠游
穿过幽深的密林

偶尔,也会穿过我的记忆
这珍贵的日子来之不易
回望八十年前的峥嵘岁月
山河欲碎,西迁的弦歌不绝
珞珈人冒着硝烟,溯流而上
那声声猿啼惊心
不像如今这样安宁祥和

险滩、急流和乱石、惊涛
是那个年代的缩影
筚路蓝缕的精神
化作先辈以启山林的斧子
校长养猪,教授种菜①……

屋漏时撑伞写稿②

---

① 据张在军的《当乐山遇上珞珈山》记载,校长养猪,指为了弥补粮食的不足,王星拱校长在自家门前的篱笆外开辟了一亩荒地,种菜养猪。教授种菜,指为应对物价上涨,中文系苏雪林教授、经济系杨端六教授等在自己屋前屋后种植蔬菜。

② 撑伞写稿,指生物系石声汉教授因屋漏雨会浇灭油灯,只好打着伞编写讲稿。

一碗清粥,也可以挨到夕阳见
在清苦中淬炼的珞珈人
却取得了让世人瞩目的成就

修文庙,葺神祠……
乐山人对颠沛流离的珞珈人
殷殷相助
市中心的陕西街
背倚老霄顶,面朝大渡河
师生们得以在此休憩
那些不平凡的日子,常常被提笔
落在这条文风炽盛的街上

穿过八十年的风雨
从珞珈山西望乐山
仿佛仍可听到文庙大成殿的钟声
岁月深处,依然可见
乐山大佛那不曾褪色的光泽

2018 年 11 月 15 日

幸福美好从元旦开始

美好时光在奔驰中日新
甘甜的味道裹在奋斗里
在时空轮回变换更迭时
飘飘瑞雪带着苍天的笑
以无边潇潇纤细的喜雨
化作宇宙深情厚谊的爱
乘着风儿送到人间大地
最美好幸福的灿烂人生
从元旦开始永远涌向你

2018 年 12 月 30 日于循善居

我爱她的能量无限
——观电影《莎翁情史》有感

深信爱能赐我如愿

我信仰爱,做爱的信徒
我爱她的能量无限

不怕她是厚厚的坚冰
爱的温度能把她融化
不怕她寒冷胜过北极
爱的火焰让其春暖花开

只要她心里有生命的种子
爱的能量一定会使她
在爱的土壤里生根发芽
开鲜艳的花,结丰硕的果
绘制出美丽的世界

2019年5月29日于循善居

母校,我会回来的
——写给毕业的博昊学子

艳阳高照的六月
又是一年毕业季
几多欢喜几多愁

几多眷恋涌心头
都被匆匆的时光
收入记忆的囊中
人生前行的航船
呜呜地鸣笛催促
追梦开启新征程

三年四年五年以来
人生未有过的感觉
在拥抱握手挥手告别间
心酸、泪流,无语凝噎
昨天挥洒青春的校园
转眼间,面对校门
站了许久许久……
弯下腰,深深鞠躬告别
远行的脚几番停下回头

望着,她,成了母校
想着,眼,湿润了,找不到
来时骄狂不逊的言语
看着,视线模糊了,找不到
轻浮莽撞冲动的身影
一颗被你塑造融化的心
装满对未来的憧憬
默默地对着校门说

无论如何,无论如何
我不会让你失望
我会回来的,母校
母校!我会回来的

2019年6月19日于循善居

午后的阳光不说话
——用此诗为恒广兄送别

在仲夏东湖岸边行走
午后的阳光它不说话
洋溢着灿烂明媚的笑
云收雨歇,风朗气清
森林掩护下泉溪潺潺
色彩斑斓的鱼儿欢跃
惬意超过梦蝶的庄生
黄鹂吟诵着崔颢的诗

咏梅桥上有座因缘亭
时隔三十九年的邂逅

八马茶庄玉露味甘甜
蕴含十四岁时的初见
让时间随着空间回眸
稚年纯真的柔情清澈
悄悄化成新鲜的空气
轻轻地抚摸你的刘海

午后的阳光会心地笑
两两眼神相遇的刹那
摄人魂魄的闪电之吻
瞬间煮沸了全身的血
一群未长出角的小鹿
在童话的世界里跳跃
蜻蜓蝴蝶伴飞其左右
百灵鸟歌声此起彼伏

林荫道上写满了光谱
兔子竖着耳朵看惊喜
控制不住快乐的孔雀
带着羞涩竞相地开屏
碧蓝的天空升起彩虹
爷爷奶奶们青春的心
任凭岁月给刻满沧桑
无法让灵魂留下皱纹

依然有萌萌哒的权力

2019年6月23日于武汉东湖宾馆

什么是真自信
——听学子讲述其爱情故事有感

什么是真自信
自然兑现憧憬
心爱的人离去
必然痛彻心扉
保持人格尊严
竭尽全力挽留
描绘未来美好
面对轻视侮辱
虽有万般不舍
既然她是如此
我自微笑如故
真诚地祝愿她
此生无比幸福
祈愿遇见更好
目送她的背影

直到消失转身
时间不用多久
十年之长足矣
无须我言一句
待她幡然悔悟

2019年9月19日于循善居

贺 新 婚

今日的阳光明媚灿烂
金色的彩霞弥漫苍穹
这是朱赫田甜的表白

万里的天空碧蓝碧蓝
悠悠深深的紫梦世界
这是田甜朱赫的憧憬

两颗纯洁炽热的童心
携百年人生比翼畅享
永坠田甜朱赫的爱河

双眸无声无息的语言
书写生活优美的诗篇
把生命意义升华传承

2017年9月15日于珞珈山

五台山的夜空

一群善良感恩的人
心怀虔诚祈祷之愿
来到山西的五台山

站在寂静的深夜里
用净化空灵的神智
敬仰苍穹星汉灿烂

大地万物屏住呼吸
注视山间幽谷的人
聆听自己内心世界

脉搏随宇宙波跳动
感受佛音丝丝浸润

心灵自由离开身体

　　目视熠熠眨眼星光
　　在银河寻己之坐标
　　欣赏皈依后的精彩

　　2019年10月3日于山西五台山

欲求越淡，意味越浓

　　沉醉于时光的深处
　　哪需要酒色来做伴
　　煮沸一壶山间溪水
　　冲泡几片苦艾丁叶
　　静读自己喜欢的书
　　慢慢感知其中甘甜
　　忘记时间空间存在
　　能够忘记自己最好

　　让心灵与身体沉睡
　　任凭阳光穿过树叶
　　将图影印在喜欢处

我只知道喝茶读书
将一杯茶喝到无味
将一本书读到无字
将平淡过得更平淡
让人性比清水更清

2019年11月11日于循善居

世上因为有了你
——读徐志摩、林徽因故事有感

这个世界因为有了你
我的等待让时间惭愧
亿兆光年只是眨眨眼
我的思想让空间丰满
浩渺太虚尽纳于胸里

这个世界因为有了你
我的智慧便无穷无尽
让困难自然而然消失
未来过去的时间空间
我都能自由自在穿行

这个世界因为有了你
做不了的事没法产生
宇宙之外仍是我领域
无字无词无调的旋律
是我谱写吟唱的歌曲

这个世界因为有了你
我见到的都是善良人
所看都是如画的风景
草木的生命自然绽放
她人生最绚烂的彩虹

2019 年 12 月 6 日于循善居

不要看现在的表面
——电视剧《北京爱情故事》一瞥

真诚奉劝亲爱的姑娘
请你不要看现在的我
表面上的我衣衫褴褛
生活上的我穷困潦倒

实际上的我你却不知
全身充满梦想的力量
心有富甲天下的珍宝
只等春天来到的时候
便生机盎然繁花似锦
请不要在我呼唤声中
放弃你潜意识的向往
莫待到若干年后回首
满是伤痕地看着风景
本可以属于你的花园
产权的主人却是他人

2019年12月21日于循善居

能 与 不 能

自然的自然规则
能与不能在改变
你不能改变世界
就开始改变现实
现实都不能改变
那你就改变事情

事情也不能改变
就开始改变观点
观点也不能改变
那就改变心情吧

2019年12月29日于循善居

独静的世界白鹭竞飞

安静独处的时候自问
思想需要载体来呈现
有必须用无来作陪吗
如同虚与实是为孪生
矛与盾虽然处于对立
可它们谁又离得了谁

生活工作、理想追求
物质精神的双重欲望
在节假日或空闲时候
卧在床上或坐在书房
或某阳光明媚的下午
闲散地，躺在草地上

放空大脑之中的一切
让思维进入静默状态
任由心跳与脉搏对话
闭上眼睛观自然景色
独静的世界白鹭竞飞

2020年1月4日于循善居

爱洪被你开闸
——听《梁山伯与祝英台》京剧有感

每个人都有一片天地
每一片天地都被个人
划分为两个独立王国
一个是自然的世界
一个是心灵的世界

自然的世界随自然变化
而影响着万物的变化
心灵的世界能力仿佛比
自然的世界更强大

它来自爱核的爆发

自然的世界到了隆冬
寒冷刺骨，草木枯萎
心灵的世界却春和景明
繁花似锦，春风满怀
这是爱洪被开闸

2020年1月7日于循善居

我的所有

我的所有
我的所有，是无需所有
因为我有
起风了，看云卷舒
风停了，看草木宁
下雨了，听蕉叶声
天晴了，哼哼小曲
即使在夜幕中
也有满天繁星
哪怕在黑暗里

我也一往情深
所以我的所有
是无需所有

2020年2月22日于循善居

致生命的保护神

白衣天使,生命的保护神
无论多么华丽的语言
都不足以赞颂你们
在健康欢乐的时候
感知不到你们的存在
当疫情降临,亲友、邻居
一个个倒下,离去
当病毒肆虐,死亡袭来
身边的人们惊慌恐惧时
在本能求生中的良知惊觉
医护人员
成了抗击疫情、奋战一线的勇士
成了保护生命、牺牲自我的英雄

白衣天使，生命的保护神
你们驱走了我的担心、害怕
使我从恐惧中恢复了思考
此时此刻送给你们
什么语言，都是苍白无力的
我是诗人，却写不出合适的诗句
我是演奏家，却弹不出心灵的音律
我是歌唱家，却喉咙哽咽
满眼含着滚烫的泪水
它是由感动和感激组成的
它是由心痛和担心组成的
它是由人性和良知组成的

白衣天使，生命的保护神
看着你们疲惫的身影
多么想喊一声，请稍稍歇一会儿
你们，你们也都是血肉身躯呀
不吃不喝，穿着尿不湿
累了，困了，支撑不住了
身穿战袍，席地而息
任谁见了心不疼
可此时此刻的你们
只有一颗医者仁心、忘我之心
消灭病毒抢救生命不止
迎着危险战斗冲锋不息

白衣天使,生命的保护神
面对你们的行为和精神
有一句话,我一定要说出来
是你们让我明白了一个道理
爱你们比爱我自己重要
因为没有你们对我们的爱
我们爱自己的能力
在疫情面前并不存在
爱自己更要懂得爱你们

有一句话在我的心里涌出
敬爱的白衣天使,你们
是我们生命的保护神
此时此刻的我
只想张开温暖的胸怀
紧紧地,紧紧地,将你们拥抱
用最柔和的语言
轻轻地,轻轻地,对你们说
一定,一定,要保护好自己

我们都不想让你们当英雄
因为你们不仅有我们
还有亲人和爱人
还有父母和孩子

还有花前月下的浪漫
还有人生的责任和使命
我们等待着你们平安归来
我们不要你们当英雄
我们不忍你们当英雄
我们不舍你们当英雄……
我们都是华夏儿女
我们都是血脉相连的亲人

2020年2月23日于循善居

无法言尽春花之灿
——见生如春花之灿发珞珈山视频有感

对于知道的人来说
世界上最美的风景
莫过三月的珞珈山
今年的内涵更丰富
风景在寂静中祈祷
闻到气息的人微笑

在樱花盛开的季节

天气好得使人发狂
看那疯狂绽放的花
奉献所有生命能量
彻底驱散疫情雾霾
迎接追梦者的到来

和风温暖阳光明媚
装扮三月的珞珈山
无行人恋人赏花人
白云悠悠百鸟吟唱
无人机巡游着领地
带领向往心灵欣赏

被春天请来的宾客
代表着全体武大人
献上她最美的容颜
看她在珞珈山回眸
汇聚全世界的鲜艳
无法言尽春花之灿

2020年3月20日于循善居

我知道你的秘密
——看沃闻达发微信有感

我知道你的秘密
每到春天快远去的时候
你就站在樱花树下
不是看那纷纷的珞樱雨
也不是看那花儿飘落满地
而是在回忆曾经的自己
相遇的眼神被定格在心里
成了你永恒的记忆

2020 年 3 月 22 日于循善居

人性的光辉
——献给全世界的护士

己亥年的腊月三十

妈妈在厨房忙碌
爸爸在客厅、厨房穿梭
桌子、椅子、筷子和碗
随着爸爸的摆放发出声音
与音响里播放的曲调和鸣
幸福的年味溢满屋子

"我的闺女,我心爱的宝贝
我心爱的宝贝,要起床了
满满的一桌美味佳肴
全是你喜欢吃的
快起床哟,我的闺女
今天是个好日子,是个好日子
团团圆圆,吃年饭,过大年……"
乐呵呵的爸爸一遍又一遍
乐呵呵地吟唱着他的词与调

躺在床上的我
听着爸爸的吟唱
看着手机里的新闻
享受着惬意的时光
突然一则消息,让我惊异
封城,武汉市封了城
不可能,不可能
武汉市疫情大流行

病毒肆虐整个江城
医院告急，医护人员告急
大量的感染者得不到医治
武汉大学中南医院
成了救治感染者重点中的重点
中南医院——我工作的地方

刹那间，一个情景在脑子里闪现
急诊室，急诊室，急诊室
任何时候都是忙碌的缩影
特殊的地方，救急的地方
非常时期，非常告急
不行，不行，不行……
我得回到医院去
可是，可是，可是
爸妈怎么办，怎么办……
触电似的从床上弹起
以最快的速度穿衣梳洗

在厨房里拥抱妈妈
给了一个调皮的吻
立在门口，甜甜地喊
亲爱的老爸，老爸我爱你
在老爸的回答声里
看了一眼满桌的菜肴

带着满嘴馋流的口水
身子一闪,出了家门
直奔车站前往武汉
购票,安检,上车
人不多,一切顺利
落座,思考,给爸妈发语音

我亲爱的爸爸妈妈
我永远是你们心里长不大的孩子
玩游戏,玩游戏,玩得入了迷
却忘了春节值班的事
我亲爱的爸爸妈妈
祝你们新年幸福快乐
我去医院上班了
给我把好吃的都要留着
吃团年饭,就不要等我

从天门到武汉,很快,很快
刚跟爸妈把心语说完
动车的头比我的心还急
带着整个身子进了武汉站
下车的人,比往日少了许多
街上的车辆也一样
乘着出租车赶到医院的门口
眼前的情景令我紧张

广场、大厅、走廊都是惊慌、恐惧的人
他们心里求生的希望
全寄托在医院医生的身上
匆忙的脚步不让我思考
被"快！快！快"代替
快去我工作的地方——急诊室

一月二十三日
到四月八日，时间太长
身体很累，很累，很累
耗尽了几个世纪的能量
七十六天的战斗，时间很短
只是一个黑暗的夜晚
在煎熬中迎来了朝阳
祖国和人民汇聚成了
战胜一切困难的力量
其中的核心之核心
是爱的使命，奉献、牺牲
折射出伟大的中华民族
人性最美的光芒

2020年5月12日护士节于循善居

做　　人

做人，要以文化之
化到知道：文化再高
也高不过良心
如果失去良知
文化便成了病毒
传播的是瘟疫
越是传播不止
越是危害巨大

做人，要以文化之
化到知道：容貌再美
也美不过善良
如果仅是外表美丽
便会随时间而失去
如果心灵芬芳
便会随日月而灿烂

做人，要以文化之
化到知道：如果蒙昧了良心

还有善良在吗
如果丢掉了责任
还有诚信在吗
没有责任和诚信
会是什么样的人
没有良心良知
这会是人吗

做人，要以文化之
化到知道：吃自己的饭
穿自己的衣裳
在自己的床上横着睡觉
有钱没钱不重要
学问高低不重要
权势地位不重要
只要做到两条——
诚信与善良
说明你还是一个人
是一个未被污染的人

2020年6月7日于循善居

读彭富春教授《论大道》有感①

资深教授倾情奉献
数十春秋沉淀结晶
专注持久孕育孵化
构建大道形体骨架
寂静黑夜合上电闸
母腹之中胎音铿锵
凤凰涅槃惊艳哲坛
喧嚣嘈杂社会呼唤
言说不可言说之道

纵横五千年之史学
吸纳中西思想精华
凝练大道横空出世
能量气流摧枯拉朽

---

① 彭富春,原为武汉大学哲学学院教授、博士研究生导师,现为湖北大学资深教授、博士研究生导师,武汉市政协副主席,第十届、十一届全国人民代表大会代表。出版有《论大道》《论国学》《论海德格尔》《论慧能》等著作。彭富春教授的《论大道》,于2020年6月由人民出版社出版。

将遮蔽太阳的乌云
吹散到了宇宙之外
光芒照透肉身灵魂
驱净隐蔽邪恶雾霾
重现草绿天蓝世界

大道之论立言创新
哲学思想绽放光芒
大道不是上帝之道
大道不是自然之道
大道不是迷魂邪道
大道不是旁门左道
哲学美学漫游者说
只要人人悉听践行
大道智慧通行天下

哲论人之生而有欲
苍茫疆域疯狂奔驰
贪婪猎食不顾一切
人性摧毁文明长城
满足不了躯体欲望
上天老儿造化人类
饥饿肉体技术解决
让其远离洪荒暮途
然而灵魂野兽泛滥

如是我闻我说如是
凭借文字走向未来
穿越历史星汉灿烂
追寻伟大先哲灵魂
老聃孔丘释迦牟尼
摩尔尼采海德格尔
思想者论大道智慧
契合时代体系通达
人类逐梦美美与共

2022年7月5日于循善居

生命的言说

生之时命来也
亡之时命去也
却有圣贤言道
死而不亡者为寿
后有人驳斥
有的人死了还活着
有的人活着早已死去

生命的生命声明
我从来就未死过
也不曾亡了还活着
我——就是我
不增不减不灭不亡

生命的生命告知
智慧通达的你
放下执着的我
寻找我中的生命
因为我也不知道
从哪里来，到哪里去

你就是我，我就是你
不受时空限制
如是不灭的我
是无处不在的你
感知不了你的时候
也寻找不到我

生命就是生命
从来就没有过生和死
惑我者死、释我者活
困我者亡、解我者寿

便是,如是的我

2020 年 7 月 12 日于循善居

长江大桥上观落日

落日,坠入爱河
刹那间,沧海鼎沸
奔腾、咆哮,疯狂燃烧
爱的温度,让九万里之外的心灵
在相遇的眼神间涅槃

落日,坠入爱河
击起排山倒海的烈焰
云霞生辉,苍穹尽染
物质舍身的奉献,化为灰烬
灵魂铸就自然的精神
追求生命爱意的完美

2020 年 7 月 15 日于武汉长江大桥上

不能没有

来到人间这一趟
不能什么都没有
财富地位荣誉等
尽管一一地抛开
至少应有过经历
是可以独自回忆
牵着心上人的手
被阳光留下身影
在明亮的月光里
坐在湖边吹荷风
说着无思考的话
让安静的夜聆听
发现月光在窥视
便假装在数星星

2020年8月28日于循善居

我们永远是兄弟

贤根兄①，我们永远是兄弟
有人说我们没有血缘关系
这是说者的无知与浅陋
五千年前就被同一文明洗礼
五万年前都是同一个祖先
我们的身体里流淌着同样的血液
我们的胸襟装满了中华情怀
我们追寻着宇宙自然的奥秘

贤根兄，我们永远是兄弟
有人说我们没有亲情关系
这是说者不怀好意和别有用心
羡慕你我同属彭门弟子
嫉妒你我的灵魂在一起
恨我们是心心相印的好兄弟

---

① 贤根兄，指我的师兄张贤根，武汉纺织大学服装学院原院长、武汉大学美学研究所兼职教授，湖北省美学学会原副秘书长。1999年至2002年，师从武汉大学彭富春教授攻读西方美学博士。2020年1月22日，因病去世。

有着崇高而伟大的理想
为了人类的幸福而求索着

贤根兄,我们永远是兄弟
世界这么大,无奇不有
不必在意,由人去说吧
用你贤根兄的话说
"老余,你的事多,你忙
你有事,就只管吆喝吆喝
我们有的是时间来跑路"
好吧!那就劳驾贤根兄
请你常到我的梦里来
我们一起品茶饮酒吟诗

贤根兄,我们永远是兄弟
来吧,和导师、师弟、师妹们畅谈
哲学、美学和人生理想的栖居
把两个世界酿造成一坛老酒
请天地日月做伴
一起烧烤蒸煮阳春白雪
一同与下里巴人起舞狂欢
拔掉时间的插头
让我们永远沉醉其中……

2020 年 9 月 14 日于循善居

我一直以为
——观日本电影《情书》有感

我一直以为自己
是没有梦和梦想的人
当我遇见你之后
白天做着与你的梦
晚上梦着与你生活
天天没完没了想着
我们憧憬的未来
使我不知道时间
白天在梦里行走
晚上在阳光下跳舞

2021年5月9日于循善居

夏至日的心里有秘密
——翻余世存《时间之书》有感

岁月在四季中轮回
被任性的风霜雪雨
荡尽了童心的烂漫

今天,一个不经意的回眸
小猫,在夏至日中的眼神
盯着天线宝宝在田野上欢乐

一只只蝴蝶在草丛间吻着花蕾
蓝色的精灵迎风起舞
无形的气息唤起久远的相思

夏至日,你带着春的化身而来
让无数的心含着青涩怀春
独自想你的白日好长、好长
夜里,梦你的时光好短、好短

夏至日的心里有秘密

天知道,地知道
我知道,你知道吗

2021年6月21日于循善居

失恋者的觉悟
——读歌德《少年维特的烦恼》有感

无数的微信没有回音
一次次的电话无应答
仅仅如此能遐想无限
执着努力的情感表达
善良纯粹的操心担心
迎来了屏蔽与拉黑

惊天的炸雷轰顶
失魂落魄的身体
整天拒绝饮食
整夜地辗转反侧
绝望地面对时间的脚步

恍惚中有一声诉说

我痛苦、难过,折磨自己
这不是你欺骗了我
是我失去了你的欺骗

2021 年 8 月 15 日

我 的 世 界
——读莎士比亚《罗密欧与朱丽叶》有感

我的世界
未遇见你的时候
一片荒凉凄惨
遇到你之后
所闻所见
温馨又灿烂
过去的岁月
回忆一片空白
幻想你我的未来
憧憬无限的美好

2021 年 10 月 9 日于循善居

花的倾诉

你知道,你不能
你种在我心里的种子
现在生根发了芽
你不呵护她成长
她就会因你而凋谢

你知道,你不能
我含苞待放的时候
你不能如此的残忍
带走属于我的春天
让我在芬芳时枯萎

你知道,你不能
我不能没有你
也不能没有春天
不然我到不了夏天
秋天更成了梦幻泡影

你知道，你不能
即便我在春天里绽放
若没有你的呵护
蚊虫会叮咬得我遍体鳞伤
有人会采撷我扔到山谷

你知道，你不能
走过春天和夏季的我
在秋天的世界更需要你
飘飘飞舞的片片黄叶
都在诉说你和我的故事

你知道，你不能
即使我硕果满树
你也不能离开我
那都是你生命的结晶
你不将我揽入怀中
我便会融化在洁净的雪花里

2021年三秋于循善居

悼一代宗师李泽厚导师

我和我的导师您的学生
彭富春在东湖岸边漫步
走在满是金叶的大道上
寻找您在阳光里的脚印

赵士林的信息我师震惊
您在大洋彼岸闭上眼睛
我呼导师导师就在前面
同刘纲纪导师拥抱一起

十二年的岁月时光倒流
短暂人生中的精神不朽
不被思想所融化的文字
比肉体腐烂得更加迅速

思想自由自在穿越时空
凡夫们看不见阳光灿烂
生即是死亡而又是新生

您与庄生老子举杯同饮

人是宇宙相对应的宇宙
行走的躯体找不到灵魂
您拿起神笔挥就五千年
从此世界有了美的历程

地球文明归纳一中一西
中华宗师常称一北一南
您是灿烂七星居拱斗者
举儒释道作体西哲为用

导师的导师对我们笑言
病毒阻止不了我来赴约
莫生疑惑乍在东湖闻讯
是我与你们做最后告别

宇宙世界皆为游戏生成
技道乃游戏玩家所配制
我把思想智慧传给你们
莫去问我来我去我是谁

我来我去我被游戏设定
我玩游戏是为游戏玩我

皆被层层维度游戏游戏
俱属道者和合美美与共

2021年11月3日深夜于东湖水榭

宏村，我来了就不走了
——读李立屏兄《在宏村》诗有感

宏村，我来了就不走了
你的名字很美
没有这里的山水美
没有这里的小桥、房子美
没有坐在溪水边
拿着画笔的少女美

宏村，我来了就不走了
不是、不对，我要不停地走
走到溪边看鱼儿游
走到桥上看自己的倒影
走到少女的身旁
静静地看她和她的画

宏村，我来了就不走了
是你已经把我融化
融化在这里的山水间
融化在青砖灰瓦白墙中
融化在油菜花的季节里
融化在少女绘画的笔下

2021年11月8日于循善居

天意与民同心

一直风光无限
人都到了老年
反而身败名裂
请问是为什么
原因只有一个
你在做人在看
天意与民同心

用聪明的才智
一时欺骗众人
长时欺骗某人

但是绝不可能
永远欺骗世人
即使伪装再巧
狐之尾藏不了

处心积虑算计
终究迎来报应
积攒金山银山
传给子孙后代
还是无穷苦难
手足骨肉相残
最终家破人散

不要问为什么
人在做天在看
天意与民同心
活着坦坦荡荡
做事问心无愧
无论做了什么
到时都被清算

如果德不配位
禄后必有祸殃
这个道理懂了
好自为之积福

多思多行善施
少求满足私欲
才能平安终身

2021年11月16日于东湖食堂

你不在意我愿意
——读戴望舒《雨巷》有感

你不在意我愿意
天天站在风雨中等你
因为在我无助的时候
是你的纤纤细语
滋润了我干渴的心灵

你不在意我愿意
天天站在黑夜里等你
因为在我迷茫的时候
是你的智慧做灯塔
照亮了我前行的道路

你不在意我愿意

天天站在冰雪中等你
因为在我冻僵的时候
是你温暖的胸怀
融化了我僵硬的生命

2021年11月18日于循善居

您是德高望重的老爷子
——以此诗深切缅怀刘纲纪恩师仙游两周年①

尊敬的刘老爷子
您是德高望重的一代宗师
我想问您从哪里来
您说带着贵州山水之魂
从燕京未名湖畔走来
与珞珈山一起铸就
五千年中华美学史
从此您皈依了珞珈山
成了世人心中的珞珈山

---

① 此诗专为2021年12月1日武汉大学哲学学院举办的刘纲纪先生铜像安放仪式暨刘纲纪先生逝世两周年追思会而作,并现场朗诵。

尊敬的刘老爷子
您是为人师表的一代巨匠
我想问您是谁的化身
为什么能著书立言而不朽
在一个时代中独领风骚
您说您是真善美的化身
用实践理论把思想化为丹青
挥就传道解惑的真理
从珞珈山走向华夏大地
走向追求真善美的领域

尊敬的刘老爷子
您是我们最敬爱的导师
我想问您到哪里去
您说您哪里也不去
永伴追求哲学美学的人们
滋润他们的心灵成长丰盈
您还说您就是真善美的化身
只是和真善美融为了一体
当你们看见了真善美
就看见了我

2021年12月1日早上4点至4点40分
您的学生余仲廉于循善居

我之所不能

使我于行程中疲惫不堪的
并不是道路的遥远
而是我心中只有胆怯

使我于前景颓废沮丧的
并不是艰难与坎坷
而是我自信的丧失

使我于生活痛苦欲绝的
并不是人生的不幸
而是我追求的希望破灭

使我人生一蹶不振的
并不是失败的打击
而是我麻木得不能觉醒

使我苟且成为寄生虫的
并不是沉迷于眼前
而是我惧怕面对现实

我之所以不能，不能
是没有勇气、信心
我不相信我还有人生

我之所以不能，不能
是我没有开始行动
只要迈步就是前进成长

忽然，熟悉的声音呼唤
寻找，转身，是内心
哇，好美的风景

2021 年 12 月 11 日于循善居

看见了吗

人生短暂，求索能有几许
贪婪沟壑，弃欲立马自然平
当下佛心，言何世中界外
无上禅意，尽在香溢缠绕里

2021 年 12 月 13 日于循善居

不可改变

一个不虚心的人
所有的善言良语
皆是隔靴搔痒
丝毫入不了耳朵
更不用去想
会触及他的心灵

一个不开悟的人
所有的传道解惑
皆是对牛弹琴
丝毫入不了大脑
更不用去想
会开启他的慧根

一个不体证的人
所有的真知灼见
皆是父母唠叨
丝毫提不了精神
更不用去想

会激励他能雄起

一个不躬行的人
所有的恩典仁慈
皆是肉包打狗
丝毫唤不起斗志
更不用去想
会改变他的人生

2021年12月13日于循善居

贤根兄，我们一起醉
——纪念张贤根师兄远行七百三十天

贤根兄，早上好
我的心在对你说话
明日是个特别的日子
你离开了七百三十天
你知道吗，听到了吗
我呼唤了你多少次

每次的彭门相聚

必定有你也有我
必定是我们俩坐在一起
必定是无论倒多少酒
我都会说可以可以
因为你是我坚强的后盾
我会将喝不了的倒给你
贤根兄,你知道吗
好多、好多次,我
依然如故地说倒酒倒酒
放在我的旁边让你喝
谁也不知道为什么
最后还会有一杯酒

贤根兄!我今天
把你请来了,你就安心
推掉事情哪里也不去
泡上一壶恩施玉露
边喝边说我们的别离
你说你到哪里去了
我对你说彭师的回忆
茂平兄的多次洒泪
李冰兄弟的情绪失控
秀芳师妹的伤心哽咽
还有志家、世孟、凯军
还有好多师弟师妹

常常、常常地说你
喊也不理、请也不来
你却改变了性格，只是
单独一个个地去见面

贤根兄！我今天不忙
你别说有事，多坐一会儿
唱完茶，再喝酒
还是把彭老师请过来
你现在不像以前了
人一来，你就走
请你聚会总是找不到

今天你来了就别走了
你说想请谁我就请谁
我们喝顿痛快的大酒
今天我决不让你代酒
一起喝他个不醉不归
喝他个醉了也不归
喝他个人间世界一起醉
喝他个天地宇宙一起醉
一起醉，一起醉……

2021 年 12 月 19 日于循善居

元 旦 寄 语
——与博昊学子们共勉

时间飞逝得再快
也会给热爱它的人
留下难忘的回忆
岁月年轮沧桑的步履
蹉跎得越是艰难沉重
曾经的青春越显芳华

昨天我们不舍地告别了
不平凡的2021年
今天我们满心欢喜地
迎接、憧憬美好的2022年

回顾过去,展望未来
人生中最大的遗憾
莫过于错误地坚持和轻易地放弃
当对照他人的时候
发现自己本可以比他更好

人生中最值得庆幸的
莫过于在困难中勇敢地选择
全力以赴,咬紧牙关地前行
获得成长、成功的成绩

历史的经验告诉我们
成功的人绝不轻言放弃
而不努力坚持的人定无成功
能战胜别人不能战胜的困难
能吃别人不能吃的苦
才能拥有别人向往、羡慕的人生

哲学家、思想家告知
每个人的内心世界里
都有一个了不起的自己
千万不要让他沉睡于心
定要他勇敢地与你奋起

千万不要胆怯、愚弱
要知道在很多时候
只要狠心地逼迫自己一把
突破自我,奇迹就会出现

如同跋山涉水的远行者
定会看到困守者未曾见过的风景

时间再忙也会记下你奋斗的脚印
人生的履历也会证明你的努力

亲爱的博昊学子们
尺璧非宝,寸阴是金
莫负美好的人生时光
你若不负岁月,岁月定不负你

用坚定强大的信心、毅力、勇气
去追求春光无限的事业
无有不能如愿以偿的

哪怕我们的理想比天高
只要我们追着阳光奔跑
便能成就了不起的自己
就能够让自己实现
在中国梦中的一切愿望

      2022年元旦于循善居

你是我生命的全世界
——读《卡夫卡致密伦娜情书》有感

在没有遇到你的时候
我也不知有我的存在
时间跟我也没有关系
白天黑夜亦无甚区别
身体有动作时在喝酒
无动作时昏沉沉地睡

在没有遇到你的时候
从未见到过日月星辰
当我与你的眼神相遇
大脑里被你植入芯片
看你就看到了全世界
就看见我和我的生命

在没有遇到你的时候
我不知道生活的滋味
更不知道责任和意义
现在我幸福快乐奋起

原来我的生命属于你
你是我生命的全世界

2022年3月24日于循善居

人之天理

人乃天所造,性乃天所赋
切莫问,哪里来哪里去
也没必要寻思,我究竟是谁

天造人类,天赋人性
所以就有了良知和恻隐之心
对此,你思考过吗

古代圣贤,曾经总结
笑一笑,十年少
但有三者不可以笑
天灾、人祸、疾病

尽管天道好轮回
但有三者从不饶过

误国之臣、祸军之将、害民之贼

但凡学仕之人
有三者不能避
为民请命、为国赴难、临危受命

但凡业商之人
有三者不能赚
国难之财、天灾之利、贫弱之食

人之天理
人由天所造，人性天所赋
慈悲为本，谦卑为根

古代圣贤曾经总结
仕者身居高位
上呼而下百诺
很容易把权力当作能力
把附和当作赞同
把吹捧当作民意

学者知识分子
以文字为经业
自以为博古通今
学识能究天地人

很容易把知识当作智慧
把观念当作现实
把偏见当作真理

我是小民，一粒埃尘
也是天之所造
也被天所赋性
所以，在其位，谋其道
不逆天之所赋

2022年4月27日于循善居

你 于 我
——读《仓央嘉措情歌》有感

其 一

你于我太神奇
是什么使了法
睁大眼找不到
闭上眼全是你
追寻不到身影

思考你的脚印
我便化成雪花
铺满整个世界

2011年12月12日于循善居

其　　二

你于我无法言说
世界上最旖旎的风景
无法与你的眼眸相比
世界上最黑暗的时刻
达不到我失去你的身影

你于我无法言说
我愿失去三世繁华
护你一生尘埃落定
我愿用三生烟火
为你做一顿浪漫的晚餐

2017年7月17日于循善居

其　　三

你于我请别问

我为什么忘不了你
因为我的心里有
五幅完美的风景
你那洋溢在脸上的
满满的自信与微笑
你那生长在心里的
纯洁的性情与美德
你那融化在血液里
与生俱来的底气与骨气
你那刻在生命里的
无比的坚毅与刚强
你那予人的温柔善良
比春风还要暖心
所以我有了你
我还需要什么

2018年8月18日于循善居

其　四

你于我不说前世
就是你我的前面
我们俩都不知道
但是这都不重要

我只知道遇到你
我是你的一部分
你真的不要怀疑
这是不争的事实
不然我怎么失魂
不知道失魂多久
没有蛛丝供考据
肯定是生命尽头
那是身体的结束
灵魂的爱在继续
而是永远的永恒

2021年7月28日于循善居

其　　五

世间人海茫茫
你我为何相遇
你却并无感知
然而我之此生
尽在你的回眸
于你只是擦肩
于我却是永恒
这是上天注定

使我有了生命
为了你的幸福

2022 年 3 月 22 日于循善居

其 六

你于我
如同时间和我
我在，时间在
你就在我心里

是的，我的生命
于时间十分短暂
和你在一起
感知不到时间存在

每次想你的时候
生命比时间更长
成了永远
不，比永远还要长

2022 年 6 月 11 日

其 七

先不说我,说你
你于世界
只是人类中的一员

世界于你
无所谓有与无
你是美的化身
你是盖世英雄
也是尘埃一现

你于我
我可以不要世界
只要你,有了你
我便有了全世界

2022 年 6 月 11 日

其 八

天知道,我知道
我和你在一起
天空是晴朗的

所见之物
都向我微笑

你不知道,我和天知道
我有使不完的力
我有丰富的想象
变幻着形态
只求你认可

2022年6月12日

其　　九

你于我
就是我
我一切努力
都是积攒
寻找你的盘程

没找到你
实际没有我
只是物体
如金银珠宝
转眼归他人

当我遇到你
就见到了我
权力地位
都算不了什么
我心就是宇宙
你要什么
皆能如你所愿

2022 年 6 月 15 日

其　十

你于我
求之不得
寤寐相思
我想悠哉悠哉
却依旧辗转反侧

我于你
只是默默地
祈祷你幸福
静静地看着
你越来越幸福

我于你

不要在意
怎么好就怎么来
你于我
就是全心全意

2022 年 6 月 18 日于循善居

其 十 一

我不在乎世人说
我平庸无能
有你的肯定
我就是伟大的人

我不在乎世人说
我一无所有
有了你的爱
我是最富有的人

我不在乎世人说
我什么都不在乎
我和你在一起
我还在乎什么

2022 年 6 月 21 日于循善居

其 十 二

你于我
应该认知一切
我于你
是老天爷安排的

你于我
应该检验一切
我于你
无须知道未来怎样

你于我
必须有保障
我于你
只要你在
只要你在

2022 年 6 月 27 日

其 十 三

你于我
春天的和风

不如你暖心
春天的阳光
不如你明媚
春天的花蕾
不如你鲜艳

你于我
白天的时候
见不到你
我的天是
伸手不见五指
在三十的夜
每当想着你
心里明月朗照

你于我
有和没有
超越了两极
没有了魂魄
有了星辰大海
你的一笑一颦
就是童话世界

2022年7月11日于循善居

其 十 四

我于你
你一定不知道我是谁
你于我是一见钟情
虽然我不知道你的名字
但我爱上了你

我于你
虽然一句话都没有说过
你于我却深藏于吾心
是人类最美丽温馨的
爱情小说

你于我求之不得
我本以为过些时候
会把你淡忘
我现在的生活
连梦里全都是你

2022 年 7 月 28 日于循善居

其 十 五

你于我
从陌生到认识
也许你无感知
而我却是为了你
才来到了人世

我于你
你当作擦肩而过
而我是完成使命
为了前世的约定
来生的共枕同眠

2022年10月6日于循善居

真理的"叫执人"

真理的"叫执人"
最喜欢喝苦酒
始终是深醉状态

从来都神志不清

喝尽自己的苦酒
便喝他人的苦酒
喜欢收拾残汤剩羹
倾心酿造琼浆玉液

自己仍然喜喝苦酒
美酒留给他人喝
醉醺醺的人越多
酿造苦酒的人越高兴
即使在九泉也会笑醒

2022年6月11日于循善居

做不了孔子做庄生

面对现实的世界
抗争也无能为力
被迫适应顺从
这不是只有我
孔子也是如此

我是有思想的诗人
翻覆之间有云雨
世界阴阳任乾坤
天地宇宙随我心
不让我学孔子
岂能阻止我做庄生

2022年6月12日于循善居

生 之 为 人

生之为人
既可以是这样那样
也不能是那样这样

可以"躺平"
你得有"躺平"的条件
不能依靠依赖依附

可以接受
被他人和困难打败

不能自馁自弃自毁

可以享受
父母亲人社会的爱
不能不回馈不感恩

可以选择
自我自由自在生活
不能逾越道德底线

2022年6月13日于循善居

我 和 你
——读《朱生豪情书》有感

其 一

我和你说与不说
无论形式咋变化
其本质无法改变
就是一个水分子
即使分成氢和氧

还是雨雪或冰雹
哪怕升成云雾飘
散落到北极南极
扔到珠穆朗玛峰
我和你固有心愿
是奔向浩瀚大海
融合为一个整体

2022 年 3 月 31 日于循善居

其　二

凡是和你在一起
我不想甜言蜜语
更不会花言巧语
说句心窝里的话
只知现实的世界
有你相伴的时光
看到的花草树木
都有着你的身影
仰望天空的星星
全都是你的眼神

2022 年 3 月 10 日于循善居

其 三

你我天生不同
我是地上的草
你是天上的云
我为了接近你
努力长高自己
你随风到天涯
我便生根海角
你被感动成雨
我藏你于身体
当你追梦远行
我在原处为泥
等待你的亲吻
复活我的生命

2022 年 9 月 17 日于循善居

其 四

我和你
早就没有了我
清晨黄鹂鸣翠柳
我听到的

是你的歌声

我望着天空
悠闲的白云
咋看都是你的身影
洁白的裙摆
随着和风
飘逸地舒展

我望着夜空
每颗星星都成了
你灼灼的眼神
低头却见
映月的湖边
你在柳条摇曳间

2022 年 10 月 9 日于循善居

诗从哪里来

——为贺湖北高校诗歌工委成立而作

诗从哪里来

从宇宙的浩渺中来
带着天地的神韵与旋律
落户于地球的人类
借助盘古女娲的身躯
将苍穹的灿烂星河
播撒于五洲四海

诗从哪里来
从古老的神州而来
带着天赋的情感与使命
从世界的屋脊开始
唱着长江黄河的奔腾曲
随着炎黄的脚步
孕育东方的文明

诗从哪里来
从仓颉的心灵中来
带着灵魂的密码而来
把神附体的情感语言
进行吟诵咏唱高歌
宛若伊人在水一方
简兮简兮方将万舞

诗从哪里来
从楚辞汉赋中来

带着情冲九霄的豪迈
谱写千古爱恨的绝唱
穿越时空的万水千山
抒写神龙的精神与血脉
恒久地响彻九州大地

诗从哪里来
从天苍苍野茫茫中来
从大风起兮云飞扬而来
从黄河之水天上来
从奔腾不息到东海
复归唐古拉山而来
从《春江花月夜》中来

诗从哪里来
从八千里路云和月中来
从大江东去浪淘尽而来
从丹心照汗青中来
从《七子之歌》中来
从问苍茫大地而来
从文化自信中来

诗来到地球世界
使命是传播人间的爱
呈现自然的真善美

驱逐黑暗阴森的雾霾
把被遮蔽的人性光辉彰显
实现中华民族的伟大复兴
使人类社会美美与共

2022 年 9 月 22 日于循善居

自然与人类

自然而然地产生了人类
人类自然而然地开始了
自然依然自然而然自然
人类却不断由然而使然
自然而然沉默接受人类
人类穷尽智慧改变自然
霍然发现自然面目全非
人类只剩下欲望的躯体

2022 年 10 月 24 日于循善居

毁灭世界的眼神
——观韩国电影《建筑学概论》有感

在茫茫人海中行走
遇见了你的眼神
瞬间毁灭了我的世界
又给予我一个世界
映照在我心中的你
是圣洁的月光在移动
如晶莹剔透的琉璃流淌
我凝固似的望着你
思绪在大脑中燃烧
火焰融化了两个世界

2022年11月1日于循善居

孤 独

我站在茫茫人海里
孤独得像废矿井中
一根未倾倒的朽木
我也不负责任使命
寻找内心里的自我

我知道孤独的遭遇
全世界都与你为敌
面对现实无所畏惧
我有强大的意志力
足以支撑我的坚持

任凭寒来暑往轮换
任凭风霜雨雪攻击
任凭白天黑夜不息
只要还有一个细胞
我就追求生命意义

2022年11月8日于循善居

人 与 时 间

人在天地间生存
有了人生的足迹
人在天地间繁衍
有了人类的历程
天地间唯有人乎
此问毋庸谁回答
凭智者思索想象
也无法说清种类

天地概念是什么
古谓乾坤与宇宙
宇宙乃时空别称
时间被人所认为
是不存在的存在
由需要者而存在
时间之快慢长短
由速度空间决定

凡夫俗子善讥讽

老聃不笑不为道①
锻造质量不同物
时间会是一样吗
腐朽质量不同物
时间会是一样吗
相对于人的时间
决定不是质量吗

2022 年 11 月 11 日于循善居

半夜醒来发呆

半夜醒来发呆
大脑空空如也
不用关心时间
没人向我谈及工作
我也不用向人汇报
什么时候睡觉
睡到什么时候

---

① 此句化用《道德经·第四十一章》中的"下士闻道,大笑之。不笑不足以为道"。

吃饭喝水咳嗽喷嚏
摄入排出运动静谧
皆由身体器官决定
一切无关意识
似乎活成自我

半夜醒来发呆
大脑空空如也
平静得无感知
天未亮就坐上窗台
看到太阳慢慢升起
不知坐了多久
月已爬上柳梢
想过什么事情没有
我想应该是想过的
咋脑子就茶杯茶壶
满是淡淡月光
这就是自我吗

半夜醒来发呆
大脑空空如也
时间不复存在
四肢已经坐得麻木
只好起来活动活动
感知有点饥渴

解决身体需求
处理好肌体不要的
恰巧收到睡眠信号
尽管不解活成啥样
难道发呆
只是为了身体

2022 年 11 月 13 日于循善居

我用一秒钟打盹

我用一秒钟打盹
念头在脑海里涌动
明德先生哀叹揪心①
记者付国豪远行了
可他才三十岁呀
明德用河南话反复默念

---

① 2022 年 11 月,在环球时报社原记者付国豪逝世一周年后,明德先生在其微博上发文《我为什么替付国豪鸣不平?》,哀叹付国豪在领导、单位、祖国需要的时候冲在了最前面,而他的领导、单位在他遭受网暴时不仅保持沉默,而且以"尊重付国豪不给单位添麻烦的离职愿望"让他辞职。

我再也不给单位添麻烦
老胡说他自始至终都是
一个正直自尊的男生

我用一秒钟打盹
脑海里蹦出凡·高的身影
他割掉耳朵卖画
海子闭目静躺于铁轨
面朝大海,春暖花开
杀了夏明翰,更有后来人
卢沟桥的枪炮声隐约
南京夜幕下的先人之魂呼唤
筑起我们的钢铁长城

我用一秒钟打盹
脑海里问人生长短
短如闪电转瞬即逝
长如闪电无法丈量
当下的足迹从哪里来
又要通往何处去
摩诃萨埵舍身饲虎
罗桑仁钦仓央嘉措的一眼
却成了人世间的永远

2022年11月17日于循善居

探不明的悔

探究不明的一个"悔"字
横梗于冥思苦想之中
爱因斯坦终生奋斗
成就伟大却带着后悔归去
希特勒征服世界的大梦
开枪自杀时有没有惭悔
日本帝国野心疯狂肆虐
是否痛悔广岛长崎劫难
这些是什么的什么原因

探究不明的一个"悔"字
横梗于苦思冥想之中
卓别林舞台逗笑所有观众
却在懊悔抑郁之中而终
天下寒士追求诗意远方
暮年回归乡愁算不算翻悔
给自己打造囚笼的"老虎"
可否怨悔金钱美女的虚幻
面对现实能够可想而知吗

探究不明的一个"悔"字
横梗于冥思苦想之中
即使没有盎格鲁-撒克逊人
丛林法则也无法让谁忏悔
怨悔世界不仅是人类的
上帝让狼说是羊弄脏了水
东方人的祈叹无悔无怨
全世界能有几人几时
我行我素地活到李叔同的境界

2022年11月19日于循善居

三面镜像说伴侣
——答学子如何选择人生伴侣有感

人海茫茫能与谁共此生
三面镜像揭秘你另一半
如果初见即是两者恨晚
你若庆幸人生遇到知己
则将启磨难无穷的苦旅
如果初见即被折服崇拜

你若抱定人生与他相伴
则是猫逗着老鼠般玩耍
如果初见两两对眼羞看
二人心慌说话口拙意乱
便是幸运得到上天垂爱

2022年12月4日于循善居

既然我们

既然我们被上天所爱
上天将我们化身为中国人
安置在伟大的时代
我们就应该无比珍惜
完成上天赋予的使命

既然我们被父母所爱
父母将我们精心地呵护
无微不至地抚养我们成人
我们就应用孝道回报他们
让他们幸福地走完人生旅程

既然我们被社会所爱
社会为我们的人生遮风挡雨
让我们在温暖和谐中成长
我们就应用功成名就回馈
奉献我们的善心善意

既然我们被母校所爱
母校将我们的灵魂思想塑造
把我们的认知提升拓展
我们就应用知识成就自我
成为母校的骄傲与自豪

既然我们被国家所爱
国家让我们接受良好的高等教育
赋予我们承担时代的责任
我们就应只争朝夕努力奋进
建设我们的国家

既然我们被时代所爱
时代为我们构建了绚丽的舞台
让我们展现人生的精彩
我们就必须用毕生的时光追求
把生命融化在伟大的时代中

2022 年 12 月 31 日于循善居

心之言说

古语言说人之相由心生
心情不佳乃疾病之根源
常常独自愁人生易衰老
老聃云水利万物而不争
是为上善而无所不能也

诗吟他人有心予忖度之
庄周云人哀莫大于心死
不怕岁月沧桑容颜已秋
只怕心被霜风吹至枯萎
失去生命生机春秋意味

儒语人心惟危道心惟微
道言道德清静惟心之法
兵谋用策之道攻心为上
佛云佛魔鬼怪皆由心生
心之如何乃人之如何也

邵雍称心为太极以诗证

得一分造化人心起经纶
阳明先生学说心外无物
告人此心光明亦复何言
风幡无二动而是心在动

九翁道我心宇宙一体矣
心静映照自我万物本性
心笑地狱间亦阳光明媚
心狰天堂里也魔鬼横行
幸福真谛归于利他之心

2023 年 1 月 17 日于循善循

参弘一法师箴言有感

凡是你想控制的
其实都控制了你
当你什么都不要的时候
天地都是你的

凡是想做个洁净的人
污泥浊秽都会涌向你

当真善被虚伪遮蔽时
全世界都是正义之师

遇见是因为有债要还了
离开是因为还清了
前世不欠，今生不见
今生相见，定有亏欠

遇见起心动念布施行善时
邪恶的厉鬼便向你涌来
今生行善，今生积怨
孔子曰：不知生，焉知死

缘起我在人群中看见你
缘散我看见你在人群中
如若流年有爱，就心随花开
如若人走情凉，就手心刺暖

缘起是天意造化弄人
我心慈悲为怀
缘散我满身伤痕
依旧想为你做点什么
虽然时间如流水
我仍目送到尽头

不要害怕失去，你所失去的
本来就不属于你
也不要害怕伤害
能伤害你的都是你的结束
繁华三千，看淡即是浮云
烦恼无数，想开就是晴天

我本来就一无所有
我面对的皆为过往
谁伤害我都是天意
天无意谁也不害我
芸芸众生之中的我
所有的喜怒哀乐忧
都是生命意义的呈现

你以为错过了是遗憾
其实是躲过一劫
别贪心，你不可能什么都拥有
也别灰心，你不可能什么都没有
所愿所不愿，不如心甘情愿
所得所不得，不如心安理得

利来不喜，名来不欢
祸来不拒，灾来不躲
祸兮福之所倚，福兮祸之所伏

人生自有天命在
做到听天命，尽人事
天不怨，人无怨，自心安
一切顺其自然最好

你信不信，有些事
老天让你做不成
那是在保护你
别抱怨，别生气
世间万物都是有定数的
得到未必是福
失去未必是祸
人生各有渡口，各有各舟
有缘躲不开，无缘恨不到
缘起则聚，缘尽则散

醒眼看醉人，是真
醉人眼里，你才是醉人
只求默默地耕耘
莫去思量几多收成
经过了一年四季
便知道了春夏秋冬
种什么种子，开什么花
结什么果，未必
要知人间的事不由自主

不仅有不开花就结果的
也有只开花不结果的
还有不开花不结果的
这没有什么的什么
还存在不发芽的
那是种子烂在了心里

2023年1月13日于循善居

无所不能的心

无言的心,无所不能
她受意念所使生万象
当心里产生邪念戾气
山川河流都不怀好意
当心里满是乌云密布
连头发毫毛都会发怵

无言的心,无所不能
她受意念所使生万象
当满满爱意流淌心间
见到的人都和善友好

当心中微笑溢于眉梢
自然气息是恋人味道

2023 年 1 月 22 日于循善居

你知道青春热血吗

你知道青春热血吗
她的力量无穷无尽
如被人生意义煮沸
充盈于行走者脚下
便能踏遍山川河谷
流淌于攀登者身上
便能立于诸峰高歌
注入追求者的体内
便能展翅奋飞苍穹
浇灌思考者的灵魂
便能捕获庄周蝶梦

2023 年 2 月 11 日于循善居

三月东湖闲步

悠悠闲步三月的东湖
思绪与花絮交融起舞
心情比春风还要柔软
柳条怀揣初恋的梦想
时不时地悄悄吻游人

一连几日的霏霏细雨
浸透山川原野的浪漫
润湿心间安眠的诗意
充盈眼神所及的地方
洗涤得青翠欲滴泛彩

情侣驾舟在湖心荡漾
随着涟漪消失于雾中
岸边寻诗踏青的游子
追视少女欢乐的笑声
见她在心里向己招手

2023年3月5日于东湖

诗意地赋予

诗意地赋予
我等待的能耐
让时间惭愧
我奋斗的能量
使困难消失
我成全的能力
如人之所愿
我去不了的地方
是宇宙之外
我做不了的事情
是没有之事
我唱不了的歌
是无词无曲之调

诗意地赋予
我无所不能
不说白的变黑
黑的变白变彩
不说无中生有

死了的可以活
活着的可以死
即使我睡熟了
也能让天地翻转

2023年3月7日于循善居

父母与子女的关系

父母与子女的关系
基本上由自然决定
呈现不等价值交换
世间之人虽有差异
但总体上皆是一致

父母笑迎子女诞生
努力奋斗拼搏一生
全心全意追求目标
尽其所能在好地方
给子女一所大房子

子女哭送父母归去

毫不怜惜休假几天
尽职尽责履行使命
尽其可能在荒原里
还父母一个小土丘

父母累死累活工作
一生积蓄资产财富
真金白银都给子女
子女孝顺非同凡响
年年几番还其冥币

儿女哇哇来到人间
父母主动去上户口
父母默默离开尘世
子女被动去消户籍
便开始了下个轮回

2023 年 4 月 26 日于循善居

心中的青春永驻

青春让人通宵达旦狂饮

胡扯海吹直到天昏地暗
为了所谓已知以及无知
效果必须达到面红耳赤

如果回忆那些美丽过往
为何岁月只有一个方向
像紫荆花芬芳那样短暂
昨日的阳光可忆不可追

如同在森林中行走的人
遇到林中空地时的豁然
无法挽留住光阴的沙漏
曾是满满的行囊已空空

如同在镜子里遇见自己
令其目光充满无限疑惑
凝视着沧桑纵横的容颜
曾经的岁月隔世般遥远

沉思青春留下回忆遐想
无论如何追索皆是云影
时间将它装裱成了长卷
展开裱轴画面暗沉发黄

青春岁月是把光芒神剑

在额头刻满疲惫的皱纹
记录着魂牵梦萦的故事
鬓角银丝挂着苦辣酸甜

青春的心想青春的模样
在炊烟袅袅的村庄奔跑
大声呼喊：青春去哪了
生活中流淌的每一滴汗

老骥伏枥依然志在千里
羽扇纶巾谈笑间更从容
蓦然回首青春暮年仍在
诗意昂扬的号子声高亢

2023 年 5 月 25 日于循善居

期待重逢时的仰视
——写给 2023 年毕业的博昊学子

我亲爱的同学们
在毕业离别的日子里
愿你们天天成长进步

更愿在重逢之时
我站在高处仰视各位

2023 年 6 月 14 日于循善居

人生之歌

芸芸众生世界
唯有人生最美
哪怕残酷现实
逼我到悬崖边
仍为人生歌唱
哪怕在坠落中
歌声依然高亢
即使粉身碎骨
灵魂齐奏交响
人生乐章雄壮

2023 年 6 月 15 日于循善居

父 爱

父亲的爱无形，却可见其擎天
父亲的爱无声，却可闻其震撼
父亲的爱无边，能够容纳百川
父亲的爱无私，赛过润田春雨
父亲的爱无己，胜过夏日骄阳
父亲的爱无穷，好似秋收满仓
父亲的爱无尽，犹如冬藏万担
父爱是田园诗，纯净而又幽远
父爱是丹青画，明晰而又自然
父爱是人生书，智慧而又全面
父爱是茉莉花，和雅而又清淡
父爱是常青树，葳蕤而又缠绵
父爱更是高山，召唤子女登攀
父爱更是大海，任凭子女扬帆
父爱更是蜡烛，自己生命尽燃
父爱更是火炬，照耀后人向前
父爱就是至爱，拙笔难诉难言
父爱就是最爱，千辈永存永传

2023年6月18日父亲节于循善居

善良是灵魂最美的音乐

善良是灵魂最美的音乐
静听者无不被感染陶醉
善予善人必然使其更善
善予恶人使其良心发现

善良是一种高尚的美德
善良是一种远见的卓识
善良是一种自信的信念
善良是一种精神的力量

善良不是容颜的闭月羞花
善良不是举止的温文尔雅
善良不是财富的腰缠万贯
它更不是权势的叱咤风云

善良是黑暗中的如豆星火
善良是干渴时的点滴甘露
善良是迷惘时的指路明灯
善良是无助时的援手救星

善良是饥寒交迫中的食柴
善良是痛苦绝望中的拯救
善良是能感人肺腑的暖流
能医治心灵和肉体的创伤

2023 年 8 月 28 日于循善居

我对理想深信不疑

我无论身处何境
都会对理想深信
太阳被乌云遮住
狂风暴雨倾盆泻
满园争红斗艳花
被风雨吹落一地
往日明亮的月光
在无影的漆黑中
但理想在我心里
却依然熠熠生辉

2023 年 9 月 3 日于循善居

人世间的美好

人世间的美好,大多隔着鸿沟
即使能够看见,也不能够拥抱

最美丽的眼睛,是天上的星星
最温柔的性格,是水里的月亮

令人泪流不止,欲诉无言以对
是颗腹中的心,看不见摸不到

令人热泪盈眶,欲说无言以表
是颗善良的心,让世界真美好

2023 年 9 月 5 日于循善居

适 意 最 好

一天一天地生活
一年一年地过去
一转眼就成人生

子曰五十知天命
六十岁便会耳顺
到这个年龄咋想

曾经的你无论是
春风得意马蹄疾
一日看尽长安花

还是身处周遭中
举步维艰困苦行
无可奈何花落去

蓦然回首人和事
哪有可以言传承
一切皆成云烟去

人生活着的意义
在求己心平气和
适意当下为最好

2023年9月7日于循善居

教师节有感

老师不是教知识
而贵在启迪心智
给理想装上翅膀
使其无境域巡视
芳林新叶代陈株
流水前波引后至
在黑暗中做路灯
照明追梦者天地

2023年9月10日于循善居

我还是做个善良的人

我还是做个善良的人
让心里绽放柔媚的花
比雪花还要晶莹纯洁
是我人生固有的底色
我的善良虽不像太阳
那样照耀的光芒广博
但温暖明媚更贴人心
是爱与爱传递的桥梁
如涧泉一般清澈透明
能够荡涤生命的尘埃
如琴弦一样拨动心弦
奏出灵魂里最美之音
我的善良是一盏心灯
照亮黑夜前行的脚步
装点他们生命的诗行
成为人生最美的句子
我的善良不需要感激
盖我的行为不带目的
我的行为就是我目的

我知道我的善良不仅
会给我带来许多伤害
而且已经带给我伤害
我却依然保持着善良
因为善良是我的本性
想要我做到失去善良
比我保持善良更艰难
所以还是做个善良人

2023年9月14日于循善居

无 所 适 从

滚滚红尘,烟雨蒙蒙
谁人不曾想过
拥有知音相伴终身
成就千秋功名

人间繁华,时光任性
哪个少年不是
怀中流击水三千里
以热血酬壮志

青春理想,岁月无情
阶前梧桐秋声
成群成群大雁南去
飞影消失天际

一念成暖,闭上心窗
呈现那年向往
在脑海里久久回荡
伊人临案对望

此去经年,枫红依然
两鬓斑白如霜
却于落樱缤纷处相思
默言无所适从……

    2023 年 9 月 17 日于循善居

心灵的追问

苍天,我的知己在哪里
如果是风可以到的地方

我就乘着风去找你
如果是水可以到的地方
我就随着水去找你
如果是光可以到的地方
我就燃烧自己的身体
将星火投入阳光之中
照耀和亲吻你的面容

苍天,我的知己在哪里
如果这也不行,那也不行
请告知我,知己是否存在
如果存在,我就化成空气
让你呼吸进你的身体
观看你的内心世界
便看到了自己的模样
因为我和你是知己
如果知己并不存在
我也十分高兴
因为我成了世上的唯一

2023 年 12 月 30 日于循善居

更 替

更替,是自然的必然
也是必然的自然
我们的已知与未知
都是从自然中来
也必将回到自然中去
更替,是我们应该
认真思考的问题
理性地对待可以延长
反之加速走向更替的大门

更替,人类的产生
由自然物种起源
爬行到站立的演变
四肢分工而有手脚
饮血食肉至钻木取火
一次次地更替前行
走到现代社会的文明人
再用文明毁灭文明的人

更替,政治的必然
母系社会时代
转移到父系的传承
由族群发展到部落
由奴隶社会到封建王朝
更替的脚步始终向前
东方西方都是如此
坚持着各自的意义

更替,科技的日新
解放身体本身
在制造创新的大道上
毫无理性地全力狂奔
摧毁赖以生存的环境
探求敬畏的太空宇宙
解开生命生成的秘密
不思考走入更替的大门

更替,是人类历史
滚滚长江东逝水
世上新人换旧人
万里长城今犹在
不见当年秦始皇
问苍茫大地谁主沉浮
东临碣石观沧海横流

三百年的中华屈辱
更替成伟大的祖国复兴

2024 年 1 月 15 日

人生的意义过程

小时候追着蝴蝶奔跑
幻想着自己长大后的场景
青少年时世界在胸中
满腔热血煮沸山川河流
人到中年常常回到出生地
陪着父母爷爷奶奶聊家常
退休后让心灵和思维自由自在
与光着屁股的孙子尽情玩耍

2024 年 1 月 29 日于循善居

失去的觉悟

小孩子手里握着糖
欢快地追逐着蝴蝶
摔倒在了泥水之中
爬起来嚎啕大哭
糖没了,糖没了

少年手里拿着手机
沉浸在网络游戏世界里
生命在岁月中消耗
行走的身体撞上了南墙
白天没了,白天没了

青年的青春热血沸腾
理想尽显自由自在
生活写满优美的诗词
现实与自己是两个世界
一年没了,一年没了

中年的大脑一片空白

拖着疲惫不堪的身体
因为生活还要继续
幸福总在酒杯里寻找
时间没了，时间没了

老年的时光全是阴天
岁月的脚跑得太快太快
一转眼世界物事全非
感慨青少年的无知荒唐
路没了，路没了

2024年2月25日于海南岛

为什么离婚？

一对夫妻在民政局申请离婚
工作人员问为什么离婚
男子说，过不下去了
女子则滔滔不绝地说
他以前怎样怎样的好
现在人事全非了
与以前完全两样

男子回怼说
你还是以前的你吗

女子继续不停地说
以前的他,让我
总是被幸福牵着走
现在的我,苦苦地追寻
不仅找不到幸福的影子
就连他的人影也常难寻
男子听不下去了,说
以前的你是无言的风景
现在的你是无敌的噪声

此时,工作人员开口说
你们的情况我已清楚
曾经的你们心心相印
谁都离开不了谁
不是如胶似漆般难舍
就是水乳交融般在一起
哪知道柴米油盐酱醋茶
才能调出生活的真味
人生时光也有四季的轮回
一路上都是美丽的风景
若把岁月变成了敌人
生活的火炉便会烤焦灵魂

你们两人现在如同
水分子分离成了
氢原子和氧原子
谁也不要谁来做支撑
谁看谁都不顺眼
生活中的琐事
不是助燃物就是爆炸品
各自追求着各自的自由
各自抱怨自己的价值受损
过去的美好已经远去
美好的未来已成幻影

男子连连谢谢工作人员
我这氧原子养不了氢原子
女子说既然如此就如此
何必要所以然后所以
工作人员说因为有因为
所以必然就有所以
所以你们需要重新开始
我给你们半年时间
再续氧和氢的水乳交融

2022年2月28日

梦回绣林

梦回绣林,漫步古镇
草木生花,又将落败
这是轮回中的春天
我回到这里,就能
回到洞庭湖上
同儿时的伙伴结网捕鱼
捉蜻蜓,尽享童年的快乐

我走到学校门前
满室稚子阅读课文
深夜的马蹄声
嘚嘚的,在额头上奔驰
就能回到刘郎晚渡①
看他把绣球挂满天空
看他的棋局将后人掩盖

---

① 刘郎,指三国时期蜀国国主刘备。刘备迎娶吴国公主孙尚香的盛大婚礼,是在荆州石首举办的。

富 春 时 节

富春时节,江水
开始饱满,所有的事物
都像江豚的尾鳍,月亮般竖起

惊涛和珍珠,都被纳入蚌壳
给渔人的脚板
和他平淡的生活搔痒

他的儿子,在樱顶
富春时节的红木窗
摆着衣架,和望远镜

山色空蒙,雨淅淅
清脆的木鱼声,回荡在钟声里
人物都铆足劲儿地生长

人之生命的意义

生命意义只要呼吸尚存
身体与大脑应相互支持
思想与行为的和谐统一
成全共同追求体悟觉悟
思维心灵要与阳光同行
让每个细胞都吸收能量
为照亮后人的路灯供电
这便是上天赋予人类的
生命所应该追求的意义

做人的差别

做人,不做人
都是一个人
做好人与坏人
做普通人或者伟人

其血、肉、骨头的重量
并无多大差异
可其精神和内涵
却千差万别
其吃喝拉撒睡
并无多大差异
可其索取与奉献
却千差万别
其肉体生命的存在
并无多大差异
可其失去肉体后的生命
却千差万别

百态社会的由来

谁都知道社会
千奇百怪、丰富多彩

然而谁又知道
千奇百态的社会从哪里来
丰富多彩的社会怎么来

是从天上掉下来
是从地里冒出来
是什么，还是什么

不是，不是，还是不是
是一个一个的人
从各自抒写的个性中来
从展现的独特风采中来

樱花盛开的季节

我喜欢春天
春风一吹，我心自飞翔
快意地跑到樱花树下
去看树上的那些芽和蕾
如果下起了雨
我便会让雨水
浇湿我身体的全部
直至浸透我的灵魂，
滋润我的心中之花
一同绽放出玫瑰的芬芳

我喜欢春天
春风一吹,我心自生涟漪
仿佛看到枝条上
冒出数也数不清的蕾
从含苞到花儿一瓣一瓣
一朵一朵地舒展开来
溢满我的胸怀

我喜欢春天
春风一吹,我就心花怒放
开成繁花似锦的海洋
如同千百双少女的眼睛
盯着一位青春的少年郎
使他不敢抬头偷窥一眼
只能任凭激动的心,慌慌地跳
如同煮沸的血液在身上沸腾
羞涩的火焰把双脸烧烤得
比满园的樱花还绯红

我喜欢春天
春风一吹,我的心就沉醉
沉醉的心里泛起涟漪
如同那数不清的花朵
都是少女多情的眼神
注视着怀春的少年

张张迷人的脸冲着你微笑
这便是樱花盛开的时季

诗人的表白
——读舒婷《致橡树》有感

我心爱的姑娘
当你清早起来
自然而然地开始生活
站在窗台前看着晨曦
或者是面朝大海
不要忽视了轻轻的风
那是我在抚摸你的刘海
亲吻你的额头

亲爱的姑娘
当你陪着岁月的星光
在时间的花园里散步
聆听鸟儿的歌声
迷恋蝴蝶飞舞的身姿
不要忽视淡淡的水儿
那是我在默默地滋润

你的嘴唇、身体和心灵

我心爱的姑娘
请你不要拒绝
我轻轻的风,淡淡的水
奉献在你生活中的爱
没有人生浪漫的诗意
那是因为你还没有
打开心灵的窗扉
我不能走到你的梦里

春天的故事
——献给我们的船长

船长,我们的船长
您来时正是寒冬
巨轮搁浅在悲凉寒冷的海域
难以触摸到温暖的影子

这是太阳的无能吗
不是,是人们在冰天雪地里
等待太久太久

火热的身体,沸腾的血液
早被冻僵冻硬

船长,您终于来了
您带来阳光和春风
融化三尺之冰
百年的巨轮找回了灵魂
以雄健的英姿
奋然破冰前行

自然万物恢复了生机
樱花开了,桃花开了,李花开了
枫叶红了,松柏翠了
凤凰来仪,百鸟欢鸣

船长,我们的船长
感谢您,带领着我们
走出了漫长的寒冬
看啦,这百年的巨轮
和船上的人们
正心怀先贤的理想
沐浴温暖的晨曦
向着诗和远方
前进,前进,前进

小　　雪

入冬就迎小雪来
翩翩如羞涩的少女
在空中曼舞

飘飘如絮的她
落地便隐踪藏迹
欢快中带着寒意
婆娑的身影消遁
像我们少年时候
顽皮地离家那样

令其回想许多的曾经
月亮照在山林
清辉，寂静，凛冽……
感知到天所为
便悟得人生事理

轮回昭示一切，

迷茫,困惑,艰辛……
当太阳复出
见到光的地方
就温暖有生机起来了